三联生活周刊 中读 · 文丛

自由由我

徐菁菁
杨璐
——等著

不被定义的40岁

生活·讀書·新知三联书店 生活書店出版有限公司

图书在版编目（CIP）数据

自由 由我：不被定义的 40 岁 / 徐菁菁等著. —北京：生活书店出版有限公司，2021.4
ISBN 978–7–80768–344–5

Ⅰ. ①自… Ⅱ. ①徐… Ⅲ. ①散文集 – 中国 – 当代
Ⅳ. ① I267

中国版本图书馆 CIP 数据核字（2021）第 015658 号

责任编辑 乔姝媛
装帧设计 罗 洪
责任印制 常宁强
出版发行 **生活书店出版有限公司**
（北京市东城区美术馆东街 22 号）
邮　　编 100010
经　　销 新华书店
印　　刷 北京隆昌伟业印刷有限公司
版　　次 2021 年 4 月北京第 1 版
2021 年 4 月北京第 1 次印刷
开　　本 880 毫米 × 1230 毫米 1/32 印张 9
字　　数 156 千字
印　　数 0,001 – 6,000 册
定　　价 48.00 元
（印装查询：010-64052612；邮购查询：010-84010542）

她们意识到自己有能力打破过去，并创造崭新的生活。如果顺利度过这个人生阶段，她的富有智慧、有见识，富于同情心，视野开阔等品质将会出现。

目　录

Part 2 为母则强

总序

李鸿谷

杂志的极限何在?

这不是有标准答案的问题，而是杂志需要不断拓展的边界。

中国媒体快速发展二十余年之后，网络尤其智能手机的出现与普及，使媒体有了新旧之别，也有了转型与融合。这个时候，传统媒体《三联生活周刊》需要检视自己的核心竞争力，同时还要研究它如何持续。

这本杂志的极限，其实也是她的日常，是记者完成了90%以上的内容生产。这有多不易，我们的同行，现在与未来，都可各自掂量。

这些日益成熟的创造力，下一个有待突破的边界在哪里？

新的方向，在两个方面展开：

其一，作为杂志，能够对自己所处的时代提出什么样的真问题。

有文化属性与思想含量的杂志，重要的价值，是她的时代感与问题意识。在此导向之下，记者将他们各自寻找的答案，创造出一篇一篇文章，刊发于杂志。

其二，设立什么样的标准，来选择记者创造的内容。

杂志刊发，是一个结果，这个过程的指向，《三联生活周刊》期待那些被生产出来的内容，能够称为知识。以此而论，杂志的发表不是终点，这些文章，能否发展成一本一本的书籍，才是检验。新的极限在此！挑战在此！

书籍才是杂志记者内容生产的归属，源自《三联生活周刊》一次自我发现。2005 年，周刊的抗战胜利系列封面报道获得广泛关注，我们发现，《三联生活周刊》所擅不是速度，而是深度。这本杂志的基因是学术与出版，而非传媒。速度与深度，是两条不同的赛道，深度追求，最终必将导向知识的生产。当然，这不是一个自发的结果，而是意识与使命的自我建构，以及持之以恒的努力。

生产知识，对于一本有着学术基因，同时内容主要由自己记者创造的杂志来说，似乎自然。我们需要的，是建立一套有效率的杂志内容选择、编辑的出版转换系统。但是，新媒体来临，杂志正在发生的蜕变与升级，能够持续，并匹配这个新时代吗？

我们的“中读”APP（应用程序，Application的缩写），选择在内容升级的轨道上，研发出第一款音频产品——《我们为什么爱宋朝》。这是一条由杂志封面故事、音频节目结集成书、视频的系列产品链，也是一条艰难的创新道路，所幸，我们走通了。此后，我们的音频课，基本遵循音频-图书联合产品的生产之道。很显然，所谓新媒体，不会也不应当拒绝升级的内容。由此，杂志自身的发展与演化，自然而协调地延伸至新媒体产品生产。这一过程结出的果实，便是我们的《三联生活周刊》与“中读”文丛。

杂志还有“中读”的内容，变成了一本一本图书，它们是否就等同创造了知识？

这需要时间，以及更多的人来验证，答案在未来……

序

中年转折期与自我重启

徐菁菁

今天的女性，越来越渴望在种种社会身份之外，探究自身作为一个独立个体的精神内核和成长空间。有研究者认为，中年期转折会发生在40岁出头的时候。在这一时期，女性努力解决个人问题，她们意识到自己有能力打破过去，并创造崭新的生活。如果顺利度过这个人生阶段，她的富有智慧、有见识，富于同情心，视野开阔等品质将会出现。

“四十之惑”

我生于1983年，2019年正式跨过35岁门槛，迈向40岁大关。

前两天，当高中同学群里正在热聊时，一位女同学A给我发了条私信：“燕雀安知鸿鹄之志，堂堂一个名校群，内容全是苟且和自我满足的大秀场。”

令她怨声载道的是这个群里的例行话题：一线、二线、三线城市的学区房价格几何，公立、私立学校的门槛在哪里，各种职业的收入、待遇和编制如何。“中年父母群嘛！”我回应道。作为一名正在考虑幼儿园名额的新晋老母亲，我为诗与远方摇旗呐喊的底气有些不足。毕竟，家长里短的讨论背后是实实在在的焦虑。

当不惑之年逼近，“中年危机”四个字早已被我身边年龄相仿的朋友挂在嘴边。仔细想来，对于男性和女性而言，这场危机的表现大相径庭。1974年，美国女作家盖尔·希伊（Gail Sheehy）写了本畅销书《通道：成人生活中可预见的危机》（*Passages: Predictable Crises of Adult Life*）。这是关于“中年危机”概念最早的文本之一。希伊在书里塑造的是一位典型的40岁男性，他虽然已经达到自己的职业目标，却不免感到郁郁不得志。他觉得自己被困住了，于是责怪工作，或者妻子，或者身边的一切。他幻想着打破这个牢笼，也许是借由一个有趣的女人、一个全新的工作领域，或是一座不同的城市。

如果说男性的危机源于对事业的不满足，对既定生活的厌倦，对未来可能性的追逐，那么，传统的女性“中年危机”要“实在”得多。1980年，女作家谌容在中篇小说《人到中年》里描述了42岁眼科女大夫陆文婷的力不从心。陆文婷做了十八年业务骨干，仍然是最底层的住院大夫，拿56块半的工资，挤在12平方米的蜗居。总而言之：40多岁的女性，外有工作，内有家庭；上要供养父母，下要照顾丈夫儿女。她们被认可，不仅仅因为才干，更因为她们对艰苦生活的忍耐力，以及她们愿意做出的自我牺牲。

时至今日，“陆文婷”依然广泛存在，但我发现，已经不再对三四十岁女性的境遇具有概括性的意义。在我身边，女性们各有各的“人生课题”。

一些人在考虑事业的进退。2016年，为了偿还给公公治疗癌症欠下的家庭负债，40岁的皮肤科医生田艳丽从工作了快二十年的三甲医院辞职，进入民营医疗美容机构工作。2018年，当家庭债务已经不再成为问题的时候，她决定创业。诊所开在北京最繁华的地段。每天早晨7点，田艳丽会在健身房挥汗如雨两小时，既是为了对抗中年身上的赘肉，也是为了排解负责一支团队的压力。

另一些人在情感和婚姻的门槛上徘徊。央视前主持人李小萌还记得，在自己过了30岁以后，父母曾和她说："本来我们的晚年挺好的，就是因为我们的女儿，我们显得很凄凉。你要是说这辈子就不打算结婚，我们也没有念想了，如果还打算结婚，那能快点吗？"李小萌和父母打保票说33岁解决婚姻大事；事实上，直到37岁她才步入婚姻，赶在40岁之前初尝成为母亲的滋味。

我的女同学A承认，她之所以在掌管一家私营企业的同时，还过着看电影、旅行、喝咖啡、阅读加健身一样不落的生活，很大程度上是因为自己尚属单身。她说，她并非"不婚一族"，可是，遇到合适的人真不容易。"挺多人不懂得互相欣赏、互相尊重。有些男性看起来条件挺好的，但往往自鸣得意；另外一些人感到自己条件稍微不足，就不太敢跟我接触。好多长辈说我气场有点大，就是高不成低不就呗，我也挺有自知之明。"

经过审慎的考察，A决定在38岁之前去美国冻卵。尽管如此，她还是会纠结，在管理企业、照顾母亲之余，她是否还有精力承担养育一个孩子的责任？如果生活在一个单亲家庭，这个孩子会幸福吗?

焦虑、困惑和压力的多样化首先是因为，在今天，在许多女性的生命进程中，30—40 岁已经成了一个特殊的阶段。早期心理学家曾一度认为，从青春期结束到进入老年期之前的人生阶段是相对平缓的高原。但事实并非如此。

成长和衰退贯穿人的一生，两者之间的平衡因人而异。发展心理学研究认为，从青春期到成年期承担起责任之间的过渡并不是一蹴而就和泾渭分明的。20—40 岁被视为成年早期，人们通常在这段时间离开父母，组建和经营家庭，并在选定的工作中努力证明自己；他们将面对现实世界，寻找方法解决日常生活中遇到的问题。在成年早期，他们将第一次独立面对人生中的许多重大决定，而因为缺乏经验，他们会觉得自己的每一个决定，无论是关乎工作还是感情，都可能会影响自己今后的命运。

在过去，标志“成年”的里程碑式事件——毕业、离家、经济独立、结婚、生子通常会在 20—30 岁之间完成。但在今天，人们已经不再按照这个步调生活。根据美国统计局的数据，20 世纪 60 年代有 77% 的女性在 30 岁之前已经完成了这五大事件；而到了 2000 年，只有少于 1/2 的 30 岁女性实现了这些目标。同样的改变也发生在中国。1990—2017 年，我国育龄妇女平均初婚年龄推迟了 4 岁多。在上海、广州、北京、江苏等经济发达地区，女性的平均初婚年龄已经逼近或者超过 30 岁。

耶鲁大学已故教授、心理学家丹尼尔·莱文森（Daniel Levinson）认为，成年期的发展涵盖了稳定期与转折期的交替。在转折时期，个体会重新调整自己的价值观、信念和优势。稳定期与转折期的区别在于生活结构是否发生了变化，而所谓“生活结构”，就是个人社会角色和职业角色的综合体。

我身边有大量高学历女性，她们 30 岁之前的绝大多数时光都被用于求学，临近 30 岁事业才刚刚起步。她们需要在 30—40 岁的十年，甚至更短的时间完成个人社会角色和职业角色的转变：从未婚到已婚，从女儿变成母亲，制定职业目标，决定事业和家庭在个人生活中的配比。也就是说，她们将在一个相对短暂的转折期中迎接密集的变化，承担它们所带来的压力。

相较于同样推迟了人生进程的男性而言，女性的特殊性还在于残酷的生物倒计时。许多医学科普告诉我们，35 岁以后，女性生育能力将经历“断崖式”的变化：每月排出卵泡的数量和质量将大幅下降，发生孕期并发症、胎儿染色体异常等状况的概率将大大上升。这场倒计时的生理红线非常残酷。

有统计显示，到 40 岁时，女性每个生理周期的怀孕概率低于 5%。每一个逼近 35 岁的女性，无论她是否已经拥有稳定的感情，只要她尚未下定不做母亲的坚实决心，都会在这道红线面前陷入自我诘问。

“我妹妹和我说：你们这些文艺女青年的价值观我们不是很清楚，但是你得想清楚一点，以后要不要孩子？”编剧王伊记得，30 岁以后，家里当医生的妹妹扛起了催婚大旗。“被医生警告，我的人生就算进入倒计时。”

那个时候，在业界摸爬滚打多年，王伊刚开始有了一些知名作品，正进入事业的上升期。她告诉我，她写了一部剧本，创作的过程很辛苦，甚至熬到得了鼻炎、月经不调。她帮一个朋友去看要租的房子，里面住的租客是个台湾中医，屋子里都是熬药的罐子。

王伊天生好奇心强。

> 我问他：这些都是什么玩意儿？
>
> 他回答：都是女人的药。
>
> 我问：怎么有这么多女人要吃药？
>
> 他答：怀不上孕的、脸上长痘的、睡不着觉的，各种各样的女人。

说完他看了我一眼：你也快了。

我说：你是看病的还是算命的？

他说：看病和算命本来也差不多。你气血不好，要是再不调整，估计快没了。

我问：没了是什么意思？

他答：没了的意思就是你生不出孩子来。

这场戏剧性的遭遇让王伊心里狠狠地咯噔了一下。

“我承认我没有做好孤独终老的准备。一些功成名就的女编剧终身都没有孩子。她们会跟我说：这个世界上不缺一部剧本，但是你却缺一个孩子。我以过来人的身份告诉你，女人还是得有一个孩子，这样你的人生才能圆满。”

王伊决定生孩子，可是这件事的复杂性远远超过了“成为母亲”这个范畴本身，它意味着一连串关系的调整。“要生孩子，你首先得选择婚姻。等你有了婚姻，把孩子生下来的时候，你以为你可以漂漂亮亮重出江湖，去健身房，去工作；其实根本不是这样，你的新生活才刚刚开始。项目可以不做，工作上你也可以炒了老板，但孩子是你永远无法摆脱的最苛刻的甲方。”

最常见的事业和家庭的冲突，仅仅是受影响的一个方面。王伊说，生孩子之前，她觉得自己一个人就是一支军队，完成工作，照顾家人，单枪匹马无所不能；生孩子之后，唯独带孩子这件事让她认了㞞。她心里清楚，凭她的性格如果一直当全职妈妈，不仅她会疯，孩子、先生也会不得安宁。

“我必须承认世界上总有一些事情是我一个人做不成的，我需要别人的合作，就必须放低姿态。”她观察到，有些妈妈选择请老人帮忙照顾孩子，于是家庭内部的格局就此改变。“一些人原生家庭矛盾大，他们在父母面前骄傲了一辈子，也不得不低下头。”

2019年王伊写的新剧《我们都要好好的》播出，开场就是刘涛扮演的全职妈妈寻找得了抑郁症，要和金融精英老公向前离婚。不少人觉得剧情有漏洞：寻找受不了带孩子做家务的生活，既然她家有钱，为什么不请个全职阿姨呢？“说这句话的人，他们不了解生活的真相。”王伊感叹。

王伊没有父母和婆婆帮忙带孩子，只能依靠阿姨，但这也是一个修罗场。“且不说找来的阿姨是否能够按照你的想法带孩子，你想让她安心在家里工作，就得像对待亲人一样对待她。这又是一段难以处理的关系。”王伊观察自己家里的全职阿姨，她会自然地批评惩罚孩子；每天晚上，她要第一个洗澡，这时，她会指挥安排王伊和先生来看孩子。王伊突然意识到，有时候，阿姨其实是在扮演她妈妈的角色，最大的区别是，这段虚拟家人关系会因为雇用合同的解除而画上句号。

“亦舒一代”

畅销书女作家林特特 2019 年刚好 40 岁。2001 年她在一个叫“文学世界后花园”的网站上开始写作。网站有一个分论坛叫“亦舒论坛”，后来出了包括黄佟佟、蒋胜男在内的很多女作家，大家多少都受到亦舒的影响。

“我上大学的时候，有朋友特别瞧不上这件事情，说一个人的人生观怎么居然要从小说而不是哲学书当中得到滋养？”林特特说，“我很不服气，我没有更好的选择。我们没有接受过性别教育，一个女性应该是什么样子，那不就只能从小说里面学习吗？”

林特特的理想就是当“亦舒女郎”。亦舒女郎是那个时代的“港女”，最大的特征是“经济独立，精神自由”。她们不是温婉柔弱的，她们希望像男性一样独立、理性、拥有成就，婚姻和感情只是锦上添花。林特特也是这么要求自己的。二三十岁的时候，她努力写作，在出版社的工作做得风生水起，还自己创办了文化公司。

但是她发现，亦舒女郎也有不可控的烦恼。她记得，大概五年前，她迎来了一个事业的“高光”时刻：她的第一本书卖得特别好，出版社为她组织了一场盛大的发布会，请了很多媒体。发布会开完，庆功宴上，“红酒刚刚倒进杯子里，还没来得及碰杯喝上一口”，林特特就接到家里老人打来的电话。老人和家里的保姆起了冲突，几乎就要有肢体上的碰撞。电话那头鸡飞狗跳，孩子哇哇大哭，她只能做出一个决定：放下酒杯，告诉主办方家里出事了，非常不体面地离开了一个原本属于她的盛大场合。

出租车走到半路，林特特心里委屈极了，大哭起来：“我当时就觉得，职业女性的光鲜就像肥皂泡一样，看着美丽，其实经不起一个针尖的触碰。”“这时候我突然想起来，我先生去哪儿了？当时他在参加一个沙龙活动，而他并不是主角。”回到家里，林特特问老人为什么不给先生打电话，答案是：“他是男的，这件事应该是你女的来处理。”

而如果一个女性更希望履行家庭责任，回家做一名全职主妇，很可能又会遇到另外一个悖论：尽管人们都认为家庭和孩子很重要，但你的付出很可能得不到认可。为了写剧本《我们都要好好的》，王伊访谈了许多全职妈妈和她们的先生，不少夫妻带着孩子开开心心地前来，面红耳赤或者大打出手地离开。

王伊把《我们都要好好的》中寻找的丈夫向前设定为“丧偶式婚姻”的代表人物——大男子主义，崇尚中国式成功，一心赚钱养家，但很少有时间回家。她认为，妻子寻找有充分的理由对生活不满。但电视剧播出以后，全职妈妈寻找引发了不少争议。网上有很多人不理解她为什么会得抑郁症，为什么要离婚。有人评论说：“只觉得她作，大多数女人要是有那样的男人做老公，帅气多金有能力，住着豪宅，过着衣食无忧的生活，嘴都要笑歪好吗？”在王伊看来，向前代表着以成败、社会财富地位高低论英雄的价值观；而这种价值观自然并不会认可全职妈妈的价值。

对于中国女性的两难境地，北京大学中文系比较文学研究所教授戴锦华曾有一个精妙的比喻：“花木兰困境”——当家国需要的时候，“万里赴戎机，关山度若飞，朔气传金柝，寒光照铁衣”，她和男性一样披挂上阵；而当使命完成，“脱我战时袍，着我旧时裳”，她又重新回归家庭生活。

戴锦华尖锐地指出，事实上，花木兰比今天的女性幸运，她所面临的挑战只是在两种角色之间切换；而 1949 年之后，中国经历了空前的妇女解放运动，在完成了对女性精神性别解放和肉体奴役消除的同时，“女性”身份也变为一种子虚乌有。一方面，所谓“中华儿女多奇志，不爱红装爱武装”，社会要求女性这一性别群体，和男人一样承担公民的义务与责任，接受男性社群的全部行为准则，与男性“并肩战斗”，创造生产力价值；另一方面，家庭角色对她们的要求并没有降低。

林特特生于1979年，正好是计划生育政策实施之初。一些学者认为，这一政策本身也在某种程度上模糊了性别区隔，简单地说，因为只有一个孩子，过去很多家庭“望子成龙”的期望也会投射到女性身上。新一代女性更加投入地参与到社会竞争，对卓越和成功有了更高的追求。家庭和事业两种角色的冲突势必在她们的内心激起更大的波澜。

“工作和生活本来应该是一个完美的共同体，在‘70后’‘80后’身上，却成了不可调和的矛盾体。”王伊说，“他们有理想、有追求，也有自己的生活主张，渴望成功，却很难像‘60后’那样专注，同时又不如‘90后’那么自我和洒脱，所以他们注定是纠结的一代，注定要用大把的时间与生活、与自己，以及周围的世界撕扯。”

中山大学社会学与人类学学院副教授裴谕新曾经感叹：“70后”女性会发现，自己并不比母亲更幸福。“她们的痛苦与纠结甚至可能比母亲更多：母亲可以抱怨时代、抱怨配偶、心甘情愿做一辈子怨妇；她们自己却没法承受‘怨妇’这一形象，她们也没法抱怨社会，因为在她们成长的年代，已经拥有了选择的自由。”

事实的另外一面是：自由也是有限度和条件的。“亦舒女郎”们要扮演的社会角色可能并不比“陆文婷”们更多，但所要达到的标尺却更高。最显著的是，在这样的时代，做一个理想的母亲几乎是无法企及的高度。

从是否顺产、是否母乳喂养，到哺乳的时间持续多久，都会成为评判一个母亲的标准。人们会在各种育儿书籍和课程上学到，0—3 岁是人生的黄金期，母亲在这个阶段的付出和投入，几乎可以决定孩子未来的人格形塑，影响他一生的发展。今天育儿活动的安排，不再是随兴或漫无目的地打发时间，而是需要更有计划性地导向特定的训练内涵和任务指标。给孩子读什么书、听什么音乐，都应该是一系列精心的搜寻、比较和研究后的决定。

20 世纪 90 年代，美国社会学者莎伦·海耶斯（Sharon Hays）把这种新现象称作“密集育儿”（intensive mothering），它强调以孩子为中心的教养方式，崇尚专家论述的权威性，认为在育儿过程中母亲必须投入大量的时间和心力。1975 年，美国全职母亲平均每周花十一小时在家照顾孩子，包括日常照料以及培养孩子能力的各种活动，比如阅读和专注力游戏等，在外工作的母亲在这方面花费的时间是六小时。而今天，全职母亲平均每周在同样的事情上要花十七小时，上班族母亲则要花十一小时左右。这就意味着今天的上班族母亲在孩子身上投入的时间和1975年的全职母亲一样多。

被高要求的不只是妈妈。和我见面这天，王伊给我看她和先生的聊天记录。“今天早上他跟我聊的第一件事是科创板的股票，第二件事是我俩约定去听关于内容产业进化论的讲座。”“现在这个社会，你不要太高估一个男人的强大。”她和我说起婚姻的经验，“你最好能成为他的哥们儿、他的战友和智囊团，时时刻刻做他的幕僚。要想使婚姻保鲜，我们的日常对话上到政治形势、经济规律、人文历史、商业模式、物理科学、天文常识，小到热点事件、一部电影、一本书，绝不可能只是孩子的教育、吃喝拉撒等。然后，你还得保持一个会‘撩’的状态，从皮肤气色到身材着装，甚至发型。你必须记住，你是一个女人，你不能穿一条大裤衩，蓬头垢面地哺乳。实际上我也会有这个时候，只不过我会关起门。他拉着你的手的时候，总不能让他觉得是拉着哥们儿、兄弟的手吧。”职场亦是如此。“你要哺乳，你一孕傻三年，可是这和你的老板有什么关系？”

脸书（Facebook）首席运营官谢丽尔·桑德伯格（Sheryl Sandberg）算是全球职业女性的典范。她写了一本名叫《向前一步》的书，鼓励女性在职场勇往直前。但这本书里，最让我唏嘘的是孩子出生前后她在职场里的挣扎。生完孩子的当天，桑德伯格已经开始在医院的床上处理工作邮件。三个月后，所谓的产假结束了，回归工作的第一天，当她把车倒出车库，正要去办公室的时候，胸口突然感到一种重压感，眼泪就顺着脸颊流下来。她意识到，如果她还是和从前一样每天工作十二小时，就得在孩子醒来时离家，在他睡着时到家。她必须调整工作时间。

从此，她开始早上9点到公司，下午5点30分离开公司，这样就能够保证上班前、下班后及时地给孩子喂奶，然后再哄他睡觉。但桑德伯格很担心这份出勤记录会损害她的公信力，甚至让她丢了这份工作。于是，她不得不在早上5点就开始查收邮件，每天晚上孩子入睡后，她会再回到电脑前继续当天的工作。

与此同时，她竭尽全力不让大多数人知道她的新时间表。助手卡米尔出了个绝妙的主意，建议她把每天的第一个会议和最后一个会议安排在其他办公楼进行，这样可以让“实际到达和离开办公楼时不至于太招摇”。如果桑德伯格必须从她的办公室直接下班，她就会先在大厅里观察停车场，瞅准没人的时候才冲出去发动汽车。

一个女性要想滴水不漏，职业、婚姻、孩子、家庭关系都光鲜亮丽，就要全力以赴。这意味着什么？不久前，我和一个编剧朋友聊天，她手头正在写一个半科幻的剧本，已经换了几次人设。“本来要写‘傻白甜’，但观众已经不喜欢这种类型了。”她提到，现在大女主影视剧越来越多，本质都是表现女性自强，有谋略，靠自己。于是，她的剧本的最新走向是“超级英雄路线”，“实际上就是女超人”。

我想知道女超人都有哪些现实困境。她告诉我：“女超人是个孤儿，从小被流浪汉收养，唯一的亮光是未婚夫，但是未婚夫被人害死了，并没有啥现实困境。”“我明白了，无父无母，未婚无娃，所以她才能当女超人。”我总结道。她哈哈大笑起来。

也许，我的总结还不够完善。和林特特聊天的时候，我问她是不是已经实现了做亦舒女郎的理想。“我肯定不能说我达到了，”她想了想，“至少有一点，我还得再瘦 20 斤，亦舒女郎都很瘦，对吧？”

自我的追问

十几年来，林特特保持着每天写作一千字的习惯。她需要以这种方式帮她保持一个写作者的状态。孩子出生以后，她一度发现自己难以为继。照顾孩子，打理出版工作，管理公司，每天晚上 9 点把孩子哄睡以后，她已经疲惫得只想一头睡去。

那时，林特特看到一篇文章，里面提到林徽因写给朋友的一封信，她讲述自己一天的生活：白天处理了她妈妈和保姆吵架的事，下午在画图——因为梁思成的亲戚要来他们家里借住，家里的小院子要住一大帮人，她需要筹划安排。她写道：现在到了晚上，我给你写信的时候终于能抽出一点点时间来看看书、写写文章。

“我突然就觉得得到了莫大的鼓励，原来女神的生活也是这样的。而女神之所以被称为女神，是因为她能够在忙忙碌碌中挤出时间看书写字。”从那以后，林特特开始仔细管理自己的时间，她积累下来的这些经验，甚至让她在知识付费网站上开了一门课。

2017 年，林特特发现，四五年前自己想要写下来的一些故事仍然未能完成，工作还是严重地影响到了自己的写作进程。“其实，这两件事带给我的成就感是差不多的。这个时候就面临一个内心的拷问：你究竟想成为一个什么样的人？每个人来到人世，都有他的使命，我很早就知道我是为故事而活的。”于是，38 岁那年，林特特回到家里开始全职写作。这又是一场她必须经历的冒险。

1983 年，女演员潘虹在电影《人到中年》里饰演陆文婷大获成功。二十七年后，2010 年，她曾经这样回望这个角色："如果我退回去，再演一个'陆文婷'式的人物，也不可能引起当年《人到中年》那样的轰动效应——现在人们越来越走向自我，他们的审美观念也越来越个性化……我觉得任何一个中年妇女，都必须把自己当成一个最有自信的女人来看，这样才对。要活好自己的每一天，做最好的自己，我们没有理由放弃自己。要是我们放弃了自己，虽然我们从某种意义上符合了传统的审美，但是我们绝对破坏了现代人的一份追求。"

潘虹的话解释了女性到底在发生怎样的变化。为什么在今天，"选事业还是选家庭"还会成为女性的两难选择？这并不是因为婚姻可能遭遇破裂，事业前程多舛坎坷，而是今天的女性，越来越渴望在种种社会身份之外，探究自身作为一个独立个体的精神内核和成长空间。换句话说，我们想要弄明白"我是谁"，想知道对"我"而言生活的意义是什么，想要掌握人生的主动权。

我和很多女性聊了"自我"这个话题。我原本以为，40岁之后，女性所要达到的"不惑"，是要于诸多角色的重压中拯救自我，但事实并非如此，她们看待这个年龄和种种挑战的视角远比我想象的积极得多。

发展心理学家丹尼尔·莱文森认为，人生如同一年当中的四季，季节风光各有不同，都在持续不断地发展变化。他非常强调中年期转折，这样的转折会发生在40岁出头的时候。在这一时期，个体要面临四个重要的问题：依恋、分离、渴望亲密关系，以及需要时间内省和认识自己。

女性努力解决个人问题，她们意识到自己有能力打破过去，并创造崭新的生活。如果一个人能较好地调整自己的目标，处理好现实与可能之间的矛盾，那么就可以顺利进入下一个阶段。她的富有智慧、有见识，富于同情心，视野开阔等品质将会出现。1987年，美国学者发表了一份对加利福尼亚奥克兰的密尔斯学院1958级和1960级学生的长期追踪调查。研究者发现，在27—43岁之间，女性变得更加自律，更能承担义务，更独立自主，更自信且应对问题更加游刃有余。

其实仔细回想一下，我们就会发现，绝大多数人心目中的“自我”并不是一成不变的。青春期的时候，我曾把一些女性政治家作为自己的榜样。大学毕业的时候，我发现我根本难以接受等级森严的官僚体制，我甚至根本没有像很多同学一样，去参加公务员考试。就在几年前，我认为孩子可有可无，那时的我也不会预料到，如今的我总得提防自己变成朋友圈的晒娃狂魔。

自我认知会受限于视角。我们的内心像是一个漆黑的房间，我们拿着手电筒一点一点地探索它。对于一个在生活中充满主动性的女性而言，她人生中的每一段经历和每一种角色都可以是这支手电筒。

主持人李小萌 37 岁结婚，38 岁怀孕生下了女儿本本。这么快要孩子的动力并非只是因为年龄，而是她有过仔细审慎的考虑。“有一个观点我很赞同，那就是，人在成长的过程中如果一直是向内观照的，纠结自身的问题，到了一定的时期，会无法实现内心的平衡。30 多岁的时候，我已经感到，我受困于自己的小忧郁、小得失，需要有一种东西把我吸引出去，向外观照。对一些人来说，这种东西可能是工作、兴趣、爱好，但对大部分人来说，很少有一种东西能够比孩子的吸引力更大。孩子能带来世俗间大多数人都需要的快乐。我想，孩子能令人有烟火气，烟火气令人茁壮。”

成为母亲对李小萌的影响，比她预料的更大。养育孩子的一点一滴，吸收学习的各种育儿理论和知识，都变成了她观照自己的镜子。为了鼓励女儿识别和表达情绪，她学着体会自己的需求和情绪；为了帮助女儿交朋友，她打开了自己的社交圈子，重新反思了自己在人际交往中的问题。童年时候受到的教育、成年后事业和感情的得与失，像拼图一样各就其位。

她发现，小时候，父母不鼓励她表达自己的欲望、感受和情绪，成年后，她很难分辨自己的真实需要，即使知道，也不懂得如何争取，如何表达。在央视做了二十年主持人，李小萌拿到了能拿到的一切奖项。但她知道，在职业上，她并没有特别明确的目标感，就像小时候，爸爸让她去参加演讲比赛，她讲得挺好，声泪俱下，但她并没有主动提出要参加比赛，也没有想过自己想说的题目是什么，怎么表达自己。在感情上，她也总是处于一种被动的状态。“我习惯于做情绪的承担者，忍受对方发脾气，不懂得为自己辩护。曾经有人和我妈说：‘小萌连吵架都不会。’”

王伊之所以会写出一部《我们都要好好的》，也和自己的经历有关。2012 年，大女儿出生，王伊放下创作，全心全意照顾女儿。这让她突然发现，全职妈妈的生活是“我”渐渐消失的过程，“你不再是你，你的世界里只有孩子，你的代号是某某妈妈，社会和家庭其他成员对你的评估全部来源于孩子的风吹草动，点点滴滴。至于你的种种个人兴趣、爱好等，完全没有人会关心。”

王伊本来打算在家陪女儿到 3 岁，可是这样生活了两年，她就再也忍不住了。她把自己的感受、对其他全职妈妈的观察都写进了剧本里。2019 年，当小女儿出生时，王伊已经知道自己想要什么样的生活。小女儿四个月的时候，她已经重启怀孕前的工作节奏，开会、谈选题、筹备新剧。生活很累，工作很辛苦，但她过得很有劲头。

42岁，李小萌辞职回家专心陪伴女儿。三年后，45岁的她重返职场。她看得到婚姻、孩子给她带来的改变。一开始，有平台提供机会，想让她干回新闻主持人的老本行，复出一战安排她去日本报道一桩极热门的新闻事件。李小萌破天荒地决定谢绝这次机会。她强烈地意识到自己真正想做的根本不是这件事，她心里真正关心的是中国家庭面对的种种问题。于是，开公司，搭建团队，她亲自去谈服装赞助、拉广告，拍摄了《你好爸爸》《你好妈妈》两季访谈节目。一切都是人生从未有过的尝试。

2018年5月，李小萌参加了一个为期六天的山地骑行团，路线是西班牙圣地亚哥朝圣之路的最后200公里。到达终点后，人们去教堂参加了一个为徒步、骑行者准备的祝福仪式。无伴奏圣歌响起来的时候，她双手抱肩，轻轻抚摸自己的臂膀，默默地对自己说："一路走来，你辛苦了。"两行热泪猝不及防地流下来。

李小萌说，45岁，她人生中第一次深切地关爱和肯定自己，她比以往任何时候都活得放松，再也不困于他人的评价。从前，她不敢穿无袖的衣服，因为觉得自己的胳膊粗，皮肤上有一些小色素；如果脚趾没有涂指甲油，就不敢穿露趾的凉鞋。不久前她在微信朋友圈发了一张照片，“大短裤，大胖腿出镜”。有男性朋友问她怎么想的，提示照片不端庄，她回答：实话告诉你，我根本没注意到这事。

王伊说，40 岁，她学到的最重要一课是：人生要想往前走，就需要不断修正自己。她不再是 20 岁时埋头向前冲的小姑娘。我问她修正了什么，她说：“我接受了我可能永远写不出自己认为的最好的剧本，表达出自己最想表达的东西，我可能只能成为一个还不错的编剧；我接受了我的孩子上不了哈佛、耶鲁，这些都不重要，只要她们能开心地和我在一起；我以前说我最不能接受，一个男人他从一扇门里走出来的时候，先出来的是肚子，现在我觉得这也不是那么重要。我已经学会，人生是一个蛋糕，事业、生活，你想要的每一样东西都是其中一小块，所有的蛋糕放在一起，才是完整的。也许其中一块被咬掉了一口，另一块被调皮的小孩弄花了，但是这都没有关系。”

“可是，你怎知这些修正、这些接受，不是人到中年的妥协和退让？”我问。

“前两天，我重新看了一遍《甜蜜蜜》。很多年来，这部电影有一句台词都很打动我。张曼玉扮演的李翘对黎明扮演的黎小军说：我来香港不是为了你，你来香港不是为了我。”王伊说，“电影里，李翘来香港是为了做人上人，黎小军是为挣到大钱把女友接来风风光光地结婚。在这个过程中，他们遇到彼此，却拼命忽视他们已经相爱的事实，仍然朝着自己原本的目标狂奔而去。他们都实现了自己的理想。黎小军成了一个不错的厨师，和女友结了婚，李翘跟了在黑社会做事的豹哥。但他们实现自我了吗？很多人年轻的时候，怀揣他们认为最重要的东西，用十年或者更长的时间和青春矢志不渝地奔跑，这很励志，但也可能，他们忽视了过程当中最真实的感受。我想，这一路走来的感受才是我人生终极的目标，才是我最应该珍重的东西。40岁，我已经知道，在一个名利场中，高处不胜寒，会有多少明枪暗箭，需要承担多大的压力。我也知道，为了培养一个学霸孩子，每天都要陪着他去海淀黄庄上辅导课，把他要学的东西自己先学一遍。我也知道，在一段感情里什么更重要。所有这些放弃和妥协背后，都是当下真实的自我。”

Part 1

婚姻之道

无论是绿茶＋蜂蜜＋柠檬，还是红茶＋牛奶＋珍珠，要制作一杯令人心满意足的夏日茶饮，需要对的比例、对的温度、对的次序。就像在婚恋中人们寻找那个“对的人”，把他/她当作婚姻配方中最重要的一味。不过，幸福婚姻的配方可能比这需要更多，它至少应该包括一点缘分、两个合适的人，以及不断地学习经营婚姻和积极面对双方存在的问题。

孙若茜

是面对感情？
比疫情更复杂的，

危机总是会推着人们的关系迅速走向下一个阶段：如果之前就一直问题不断，那么当生活停摆，两个人被困在一起时就会更为迫切地想要离婚。相反，如果此前相处愉快，或者在危机中能找到快乐的相处模式，这也会激励人去加速创建更为安全的空间，比如结婚。我想，她也许还应该补充说，一旦在危机中找到合适的相处方式，那也会帮助人加倍巩固已有的感情。

2020年2月底的一天，雪君（化名）去单位值班，疫情导致的延迟复工还在继续，每个出门的人都紧绷着神经。为了减少在路上感染的风险，老公田雨（化名）答应接她下班。可是雪君始终没能把人等来，电话也打不通，她有点儿生气，宅在家里还能有什么理由没来？无非就是忘了。回到家，推开门，她整个人呆住了。

田雨趴在客厅的地上——为了增加运动量，他用家里的一根吊杆练引体向上，结果失手摔在了地上，整个人都动弹不得。眼镜和手机飞落到远处，人就像是丢了眼睛和嘴巴，没有办法求救，他只好默默等待。雪君的身上还穿着羽绒服，口罩也没摘就跑了过去，她慌了。如果没有疫情，在这样的情况下，她的第一反应也许会像按下快进键，在开始进行思考之前就打120求救，向朋友或是邻居求助。但是，疫情按下了慢进键，它让人不得不排除掉一些选项，变得顾虑重重。

他们夫妻二人用了很长时间向朋友征询建议：毕竟是下楼取趟快递回来都恨不得把全家消毒一遍的非常时期，医院还能去吗？不去行不行？后来，一位年长的朋友提醒说，他很可能摔成了骨折，如果伤到的地方是颈椎和腰椎，那可耽误不得。两个人这才反应过来，赶忙叫了救护车。到医院的时候已经是晚上 12 点了，医院的急诊室里人很少，疫情把人处理日常病痛的需求压抑到了最低，能忍则忍，谁也不愿在这个时候节外生枝。

田雨一到医院就哭了，他知道雪君是个谨慎的人，立春那天，雪君的颈椎病犯了，头晕恶心地在床上躺了二十多天也没敢去医院一次，如今却义无反顾地陪着他在急诊室里跑前跑后，他不知道该如何表达。雪君说，要说不害怕是假的，但我知道两害相权取其轻。一周的时间，他们前后跑了三趟医院。最终的确诊结果是胸椎、腰椎和骶骨三处骨折，医生不建议手术，要他回家静养。

就这样，田雨一直躺了很久。雪君说，她从没有如此长时间地毫无间隙地与丈夫在一起相处过。婚后不久她就当了妈妈，平时老人帮忙照看孩子，一大家子人生活在一起。她和丈夫都要坐班，每天相处的时间不长，独处的机会更是少之又少。如果不是为了让老人和孩子避开春运提前回老家过年，他们俩又因为突如其来的疫情选择留守在北京，恐怕还不会有这样的机会。疫情发生以来，他们两个人就像穿越了时空，提前步入了需要互相搀扶的老年生活，而且还是加强版——先是雪君躺在床上需要照顾，紧接着又换队友倒下，她成了二十四小时待命的陪护。

田雨躺着，几乎所有的事情都要雪君帮忙：喝水、吃饭、洗漱，手机够不着了，眼镜找不到了……雪君每天变着花样地做一日三餐，每顿饭菜都不少于五种，想让一个长期卧床的人吃得舒服又利于身体恢复并不简单。除此之外，她还要帮他做些简单的按摩——腿部的和心理的。躺的时间久了，人难免会胡思乱想，万一恢复不好怎么办？到了夜里，田雨起夜上厕所，雪君还要帮忙端尿盆，起来一次，她至少要用半小时才能再次入睡。疫情期间虽然不用去单位上班，但她在家办公的事情堆积如山，也并不轻松。

在开始向我讲述这些事之前，有一天，雪君突然对我说：我对婚姻有了新的看法，夫妻不能长久相处，否则彼此都会疯掉。她给我发来一段“抖音”视频，一对结婚六十多年的夫妻坐在一起被提问想选择怎样的隔离方式——A：把两个人一起关起来隔离；B：……提问者还没有说出 B 选项是什么，老太太飞快地举起手，大喊，我选B！说完，她大概也觉得自己有点儿冒失，手按在唇上小声问，我可以选B吗？老头儿则在一旁撇着嘴。后来我才知道，雪君发信息给我的那天，她和田雨刚刚大吵了一架。

吵架的原因竟然是拉窗帘。田雨骨折之前从不赖床，睁开眼就立刻要开启新的一天；摔伤之后他没变，但是新的一天没法由他亲手开启了，他需要雪君拉开窗帘，然后帮他刷牙洗脸。雪君原本也是习惯早起的人，但是那段时间她太累了，用她的话来形容就是，白天脚不着地，睡醒舍不得马上下床。拉窗帘当然是小事儿，可田雨一催促，雪君就觉得委屈，明明她每天都竭尽全力，仅仅几分钟的懈怠为什么得不到体谅？田雨也委屈，他提出的要求对他来说都是生活必须要做的，如果自己能动，谁会愿意麻烦别人？

雪君回想起自己卧床的那二十几天，田雨对她的照顾远不如现在她对他的无微不至，心里就更委屈了，这种委屈怂恿她回想到了更久以前——坐月子的那段时间。她想到自己那时几乎都是由老人照顾，田雨的付出屈指可数。她终于没办法再控制自己的情绪了。她说：我每天忙成狗，二十四小时地拼命干活儿，还不够吗？他说：你对我有精神上的伤害。田雨指的是雪君偶尔流露出的些许不耐烦。这不是这段时间里他们的第一次争吵，每一次吵架的理由都差不多。雪君有时候真的觉得自己要崩溃了。

危机会推着你走向下一步

很多人会把雪君类似濒临崩溃的情况换一种说法，叫“过不下去了，我要离婚”。网上有人发问：疫情过后你最想做什么？很多人说：离婚。新闻说：疫情平稳之后，很多民政局离婚登记的预约都爆满。在采访美国人类学家海伦·费舍尔（Helen Fisher）时，我曾经问过她对此现象的看法。她说：人类生来就不是和伴侣全天候在一起的。数百万年前，从我们的祖先开始，男人们就会因为出去打猎与伴侣分开一天、几天甚至几周；与此同时，女人们会和家人、朋友或者部落里的其他人聚集在一起。换句话说，像疫情隔离期这样每时每刻守在一起，对任何伴侣来说都不是自然而然的事情，它潜伏着重重的危机。很长一段时间以来的调查表明，每当人们因为某种危机——飓风、炸弹或是其他问题而聚集在一起时，都会有很多伴侣选择分手。

但我们容易忽略的是，与此同时，危机也会促成很多人的结合。费舍尔告诉我，任何形式的危机都会带来更多的“离婚”和“结婚”。危机总是会推着人们的关系迅速走向下一个阶段：如果之前就一直问题不断，那么当生活停摆，两个人被困在一起时就会更为迫切地想要离婚。相反，如果此前相处愉快，或者在危机中能找到快乐的相处模式，这也会激励人去加速创建更为安全的空间，比如结婚。我想，她也许还应该补充说，一旦在危机中找到合适的相处方式，那也会帮助人加倍巩固已有的感情。

在“拉窗帘”的争执之后，雪君和田雨很快和解了。雪君是一个能迅速“翻篇儿”的人，刚刚吵完架，她就会问田雨，你需要上厕所吗？你想吃水果吗？两个人就又开始默契地聊天。她说，我知道被忽略、被疏于照顾的感觉，我并不想返还给他。她觉得田雨正在慢慢地向她学习，因为他说：你对我这么好，等我好了，会对你更好。

我们还可以用费舍尔的观点解释很多身边的事。比如，当我们去聆听那些在疫情的密集相处中生长出的令人想要离婚的理由：“我真的过不下去了，我每天在家里消毒，可他大概已经一个星期没洗头了。是的，大概，我不清楚，因为我根本不想看他。”“我当然要离婚，因为他只抱着 Switch 的手柄睡觉。”“他根本不管孩子，以前说工作忙，现在宅在家里了还不是一样？我是想好好和他谈谈，就问他，你给自己打多少分？他说 80 分。呸！我觉得至多 30 分，没法谈。”它们听起来也并不比“拉窗帘”的事儿更加走投无路，它们大都不是因为疫情而生，只是被疫情放大到让人再也无法忍受。

费舍尔并没有说，危机为什么会把人推向关系的下一个阶段，一个朋友倒是给出了他的答案。疫情到来之前，他出轨了。他爱上了一个年轻、充满活力、不会拘束他生活的女孩儿。听起来，他和妻子之间似乎也没有什么特别的矛盾，除了厌倦。很长一段时间，他周旋在崭新的爱情和家庭中间，是进还是退，他始终下不了决心。疫情之后，有一天，他突然告诉我：“我摊牌了。”理由是，在居家二十四小时的密集相处之后，他频繁地想道：如果余生都在眼下的琐碎和压抑中度过，“还不如去死”。他告诉我，每天看着新闻里代表死亡的数字不断增加，让他发现人是多么容易失去选择权，甚至没办法选择活着。于是他就问自己，能让我自己决定的还有什么呢？疫情让他比以往都更加迫切地想要去面对自我。

疫情放大了孤寂，让人去寻找

相比“爆发”性的离婚和结婚，海伦·费舍尔认为，疫情将会带给我们一个更为长久的变化：越来越多的人会选择通过网络认识新人，然后再出去见面。这是一个降低约会成本的做法。显然，疫情之下网络最大的优势是帮助人减少感染病毒的风险。人们不想在酒吧、咖啡馆或者任何公共场合“冒险”，却又因为宅在家里获得了大把的空闲，唯一可以“转战”的地方就是互联网。而且，如果真的见面，你必须考虑：我要吻他 / 她吗？他 / 她会握住我的手吗？我应该和他 / 她一起上车吗？我们会分摊费用吗？在网上，这些关于性和钱的考虑，都可以暂时省去。

费舍尔说：“眼下（疫情时期）的确是一个危险的时刻，而任何危险都会推动大脑中多巴胺的分泌。多巴胺与浪漫爱情紧密地联系在一起。我认为，现在，大脑已经准备好坠入爱河。这不是健康的好时机，不是经济的好时机，但是，这是一段关于浪漫的好时机。”

她的话让我想起了 Nana（化名）。孩子 1 岁半的时候，Nana 离婚了，原因是男方酗酒，导火索是一场醉驾。之后这几年她始终没有再恋爱，直到这场疫情暴发。她说，疫情好像放大了人的孤寂，让人去寻找温暖。

回家过年的前一天，Nana 在手机里下载了某全球知名交友 APP。那时候，疫情已经开始蔓延，但要说对生活有多大的影响，在 Nana 工作、生活的上海和她准备带着孩子奔赴的老家西安，似乎还都谈不上。她开始有一搭无一搭地在这款 APP 上和各种各样的男人聊天儿。

这款 APP 上有一些默认的规则，比如说，如果付费，系统就有可能匹配到更符合要求的对象。年龄越大，年费越高。Nana 看了看，像她这样 30 多岁的女人，要 1000 多元钱。她没花这笔钱，只使用免费的功能，左滑不顺眼，右滑喜欢，靠的都是界面上的简介和照片。她长得很好看，但是在这款 APP 平台上她没露正脸。用她的话说，只是选了几张自己看起来不错的“文艺”照片。她也没写简介，就是那种常见的喜欢健身、看书、旅行之类的描述，只填了毕业的名牌大学。

相比那些，她觉得自己更明确的标签是单身妈妈，所以也放了一张她和儿子背影的照片。“傻子看了都知道我是有小孩的，对吧？”一开始，她以为这样会自然地过滤掉很多人，但后来她才发现，这样的照片恰恰提高了危险性，让很多骗子找上门来。“为什么？因为他们认为你单身，没负担，又太久没找男人了，各方面的需求都会很迫切。”骗子遍及海内外，在科威特挖石油的，在伊斯坦布尔修电缆的，她都遇到过。她说，他们的共同点是 ID 照片都非常帅，早中晚定时用甜言蜜语嘘寒问暖。慢慢地，国内的骗子让她下个彩票软件，劝她投个五百一千；国外的骗子说他在某港口有一批货被罚款，能不能借一万美元，到期肯定还。除此之外，还有那些家庭关系不好的已婚男人，疫情之下，他们似乎显得更加焦躁和迫切，总是把自己的需求说得直截了当，毫不隐瞒。

Nana 说这款 APP 是一个非常现实的场域，就像她生活的上海；你说你没时间的时候，其实你是在跟别人聊；他说他没时间的时候，他可能也正跟别人聊着。这是大家默认的规则。“除非遇到你非常喜欢的人，或者你觉得他可能对你真的有意思，但我觉得不太可能，人都太现实了。”

在老家待了十几天之后，疫情逐渐升级了。幼儿园开不了学，Nana 干脆就让孩子和父母都留在老家，自己一个人先回了上海。从四年前离婚到现在，她所有的时间都花在家和单位之间，两点一线，从未有过这样的空闲。复工前的两周，她开始和网上那些看起来还算礼貌得体的人见面，大部分只是聊天，也有一两个发生了关系，一切自然而然，大家心照不宣。她说：“疫情期间，人好像格外容易觉得孤寂，我觉得自己也不见得有多少精神上的需求，但就是非常想要和人缱绻在一起。”

在这款 APP 上有很多人问她：你来这儿到底是想要得到什么呢？她一开始也不知道。她问自己，是想找个伴儿？但她觉得这种社交软件不可能让人找到真实的伴儿。想找个“炮友”？她又豁不出去，毕竟她还是个妈妈。这么多年，她一直单身，也是有自己的顾虑的，比如说引狼入室的危险。她每天和儿子视频聊天，5 岁的孩子总是不忘嘱咐她：“妈妈，别邀请陌生的朋友回家，万一他身上有病毒呢？”但她告诉我，让她觉得比病毒更危险的，是疫情之下突如其来的时间和空间，让人有机会去做一些平时不想做、不能做，甚至不敢做的事，对她来说，那是真正的“疫情”。

那段时间，街上空空荡荡，偶尔有一两个行人也都行色匆匆，口罩戴在人的脸上，却像是把整个人隔离在一个独立的空间，没有人会驻足聊上几句，眼神的交流也会引发不安，好像这也能增加感染的风险。可是 Nana 和那些她在网上渐渐熟悉的陌生人见面时倒是没有犹豫。

“我不可能一个人天天在家装文艺看书、看电影，对吧？和孩子生活在一起的人精神都是长期紧绷的，猛地放松下来，除了瘫着，真的也想换换感受。”Nana 告诉我，和她见面的人大部分都是从不同的城市刚刚回到上海的，关于感染的风险，大家心知肚明，但没人戳破。有时他们会约在咖啡馆见面，戴着口罩坐在彼此的对面，聊到的事情没有一件和疫情有关，回避得自然而然，说不好是真的不在乎，还是只要不提就可以当作不存在。“疫情期间你不约，以后还有什么时间约？疫情来了，现在不约，以后没准儿再也没有机会约。”这是一个单身爸爸的论调，她觉得也不无道理。之后，他们同居了一周。

男人有文身，有自由的工作时间，五六十万的年薪，有一个扔给了前妻抚养的孩子，以及一个中年男人因此而获得的淡定和潇洒。Nana 一开始并没有想到，他们会迅速地进入一种老夫老妻的生活状态：两个人每天讨论最多的就是吃什么，有时候自己做，有时候点外卖，这个典型的直男会帮忙拆快递、刷碗，会看书，也会刷“抖音”，喜欢吃辣，但吃完会拉肚子。Nana 会给他洗衣服、掏耳朵，也会抱怨，男人会不耐烦。好像曾经在婚姻里浸染过的人，就是会自动跳过那些卿卿我我的阶段。Nana 说：“到了这个年纪，大家也不用装什么，怎么舒服怎么来。”

Nana 是那种要把时间放进格子里的人，每个时间段做什么早早就要安排好，从不睡懒觉，这是她长期为了在孩子和工作之间能寻求平衡而养成的习惯。男人则相反，周末会睡到下午 3 点半。他们不谈什么情趣，也不表白。一个星期之后，Nana 发现，他们过得已经像很多相处了半辈子的夫妻那样没劲。但是，她没有立即切断这段关系。有一次他们去超市买东西，交钱的时候她才发现自己拿了一块 200 多元钱的巧克力，她嫌贵。男人说，吃呗。其实日常的花销，Nana 花的比男人多，每天都在“盒马”上买买买，但男人这样说她就觉得很舒服，“在钱和生活上没大事就 OK，省了很多麻烦”。

作为单身爸爸，男人懂得一些单身妈妈的苦，养孩子的不容易。“他会同情、尊重甚至佩服你，但他不会真的心疼你，不会愿意为了你做任何改变。当然，你也不会奢求他能为你改变什么。这太难了。”有一次，Nana 看到男人拿着手机与交友 APP 里的其他女人聊天，还说些暧昧的话。两个人都有点儿尴尬。男人问她，你和别人聊吗？她说，也聊。在这种关系里，那层窗户纸其实始终都在，只是一般不会有人捅破它。

Nana 后来发现，比起约会，在疫情这段时间，她实实在在干过的事情，是整理房间扔掉了很多东西，给孩子买了保险，给孩子换床、整理他的绘本，修车做年检，每天跟着手机软件健身：这些过去拖着没时间干的事儿，将让她从容地面对疫情结束之后日常生活的回归。而约会，也许恰恰相反。

但是，她对我说：“你知道吗，那些事情都是建立在这段时间我跟男人们约会的基础上的。”因为很多时候和别人的攀谈、交往，虽然并不能让人更清楚地知道自己需要什么样的人，但是可以让人明白自己不需要什么。就像是一种排除法，聊的人越多，见的人越少。最后才能发现，一个人的生活状态是真正 OK 的。又过了几天，她对我说：“我打算和那个文身男分手了，虽然他此刻还在我的床上睡懒觉。我的‘疫情’结束了，它让我比以往更加清楚自己想要什么。”

养成系的夫妻关系

卫夙瑾

她试着帮他梳理职业生涯的利弊得失，分析他的性格和未来的发展。虽然这种讨论总是伴随着争吵，他总觉得她不理解他，但是他的思路在争吵中的确越来越清晰了。他开始思考离开机关的可能性，她帮他找到靠谱的猎头，他进行了几次面试。最终，他选择了留在机关。虽然情况并没有发生什么变化，但是被迫工作和主动选择是完全不同的状态。他的职业生涯里肯定还会有磕碰，但是她觉得他会更理智地面对。

面临的双重标准

结婚时，她是很有自信的，毕竟尊敬长辈算是她的家训。她相信只要以心交心，就能和公婆好好相处，所以和老公商量后，她们决定和公婆一起生活。住在一起后，她才知道自己太天真了。回想最初那几年婚姻生活，她只有两个字——压抑。从生活习惯的细节，到对家庭角色的期待，她和公婆都无法达成一致。婆婆是传说中的control freak（控制狂），老公则是巨婴。

有一天早晨老公自己煮了三个鸡蛋吃，婆婆心疼得直掉眼泪，认为做早饭是儿媳妇的事，儿子受委屈了。公婆当即明确地和她说："在我们家里头，男人就应该干事业，女人就应该做家务。"她觉得不服，公婆之间的分工也并不符合这个标准，于是当场回嘴："我只要求，我跟我老公的分工就像你们一样。"她这么一说，公婆就更不高兴了。

事实上，公婆除了嫌她不精于家务，也看不惯她对工作的执着。当她拿到第一笔项目分成与他们分享成功喜悦的时候，婆婆明确地说："我们家里，不需要小女孩挣钱。"她忍不住反问："如果小女孩不挣钱，小男孩也挣不到钱，那该怎么办？"婆婆觉得受到了侮辱，"你不就是嫌我们家没钱。"这句话，一直或隐晦或明确地出现在她和公婆的口角中。公婆觉得女人应该嫁鸡随鸡、嫁狗随狗，在家里受穷受累是应当的，如果因追求工作成绩而受累，就是自己活该。

但是在职场上，她感觉到社会对女性是另一种要求。

她从事的是影视行业，俗称电视民工，那是一种"女人当男人，男人当牲口"的工作模式。领导在下班前派个急活，告诉她明天一早要片子。怎么办？只能熬夜。第二天交活回家，一大清早还要面对公婆难看的脸色。对，他们会觉得儿媳妇"夜不归宿"。

结婚之后，她的职场身份和家庭身份就陷入了旷日持久的矛盾之中。她殚精竭虑、勉力维持，最终彻底崩塌是因为孩子。孩子出生后，所有隐形的矛盾一下子都尖锐化了，最后她和他们当面吵了起来。

孩子两个月的时候，她搬出了公婆家，自己租房住。公婆将她搬走的行为视作叛逃，认为她把他们的家拆散了。她做了一些缓和的举措，比如带孩子回去，但没有用。用她老公的话说，“你必须要用跪地求饶、端茶倒水来检讨自己，他们才能原谅你，给你个机会回到这个家，听他们发落。”但她不可能这么做。

时隔数年，还是会有人明里暗里地批评她：对公婆退让点儿，就不会把和他们的关系闹得那么僵了。可她也委屈，人生前二十年她学习的是独立、自由、男女平等，成人之后，却忽然又要学习温良恭俭让了。她试过，但她永远无法成为公婆要求的那种“称职”的儿媳妇。

和公婆闹僵后，公婆一直希望儿子与她离婚。她老公曾经非常认真地用机关公文的结构，给她归纳出不与她离婚的三大理由：一是她带孩子带得不错；二是他在机关，离婚很麻烦；三是和她还有共同语言，性格爱好相投。她觉得他们的关系更像盟友而非爱人。对于婚姻，他们有路径可以依赖，同时也必须考虑退出成本，最好的选择就是维持现状。

辞职有多难

想当初从公婆家搬出来后，她才开始真切地面对她的新身份——一个母亲。不知是否和孕期心情有关，孩子出生时，她的体重就轻，大病小病不断。她会很心烦，偶尔觉得孩子是她的灾难。孩子 7 岁时因为心理问题去做沙盘治疗，心理医生告诉她，沙盘图像里显示孩子在婴儿期曾遭亲人嫌弃。那时候她忽然觉得，欠的债总是要还的。

孩子 3 岁前靠的主要是姥姥。她的母亲沉默、坚强甚至有些偏执，却成了她当时最大的依靠。而她当时一直在处理另一个大问题——房子。那是另一个复杂的故事。她几乎不想回忆，买房如何掏空了她父母的积蓄甚至四处举债，如何陷入换房连环套，如何在出差期间接到催款的夺命连环 Call，如何因为公婆阻挠让她老公偷出户口本才能去办手续。终于房子到手了，人也几乎陷入崩溃，她甚至得了一年的焦虑症，用尽办法才告别了失眠。她第一次清晰地感受到，她已经不年轻了，还能多线作战多久呢？

因为买房，她几乎陷入赤贫，租房又是一笔大花销。由此也逼迫她给自己找到了一个新身份——兼职影视策划。工作、孩子、家务、私活，忙得她团团转。

这种情况一直维持到她的单位搬迁，通勤时间从四十五分钟车程变成了一小时四十分钟，她的压力陡然增大。她的母亲身体出了问题，她也因为免疫力极低老是生病，身体不断报警，提示她40岁将至，提示她必须做出改变。

此时她在单位的状况也并不算好，职场对于一个年届40的母亲来说并不友善。一个不能出差、不能加班的影视人是无法获得升迁的，眼看同龄人成了直属领导，她原地踏步、无能为力。与付出不匹配的薪水，更让这份工作如同鸡肋。就是在那个时候，她萌生了当全职妈妈的想法。但是，她不甘心啊，她曾经是家族的骄傲：学霸、“985”学校毕业，成功在北京找到工作，嫁了个北京人。论工作，她在国家级影视制作单位从业十年，也算是看过风口上的风景。

于是，她决定再搏一次。

她求母亲把孩子带回老家，由她父亲和母亲共同照料孩子，她的姐姐、姐夫也能搭把手。她则辞职换工作，去了一家做新媒体的央企。那段日子比较像单身生活，没有孩子，只有工作。她领导着一个小团队，把那段时间热热闹闹的新媒体花活都玩了一遍，眼看着风口上飞猪，再看风口上的猪掉下来。

工作安排得满满的，她却一直觉得心里虚：在亲友们用到“你把孩子扔给老人放心吗？”这种措辞的时候，在听闻父母身体不舒服的时候，在每一个完成工作想去追剧放松一下的时候。通过压榨老人让自己过得自由，过得轻松，她是不是太自私了？那段时间，她习惯了熬夜，潜意识里是想延长这偷来的、属于自己的时间，感觉这是40岁前最后的放纵。

“惩罚”还是来了，就在她换工作一年后，母亲检查出了癌症。

下定决心当全职妈妈

她最终决定辞职，暂时地，更可能是永远地告别职场。一年多的时间，她逃避作为母亲、女儿的责任，总觉得挣扎一下还有选择的余地，可当现实摆在那儿，很多事情其实根本没有选择的余地。

一开始当全职妈妈，她觉得应该会比上班轻松，毕竟远离职场不用处理那么多关系，再不用当领导和下属的夹心饼干，但事实上，当妈可能就是天底下最难的工作。

她记得那个夏天，刚从老家接回女儿不久，每天晚上女儿睡半个多小时后都会醒过来，大哭大叫，满床乱窜，第二天却全无记忆。她的焦虑症立刻爆发，各方咨询，结果发现女儿是得了小儿夜惊症。出生后面临家庭的各种矛盾冲突，前前后后两年父母不在身边，这在女儿幼小的心灵里烙下了印记。有段时间，女儿不仅每晚夜惊，而且在清醒时也拒绝一个人待在卧室，更别说一个人睡觉——这间陌生的卧室、这个陌生的家，让女儿无法抵御对黑夜的恐惧。

待女儿入学后，在集体生活中，女儿的“难养”更加明显。敏感、极度自尊却能力不足，遇到挫折就大哭大闹；幼稚，与人相处全无眼力见儿，却在和老师对抗时显示出不属于这个年纪的狡黠。一次放学后女儿被留堂，因为她的课堂练习没完成，且对老师出言不逊。班主任老师痛心疾首地说：“我从教三十年从没见过这样的孩子。”女儿则没心没肺地在边上乱跑。

她不得不学习去当一个问题儿童的母亲，分步解决，各个击破。

女儿的问题，求助专业人士是最有效率的办法。她开始带女儿去做沙盘，求助心理医生去探索女儿的内心世界。心理医生的建议是，女儿脆弱就去保护她，恢复她的安全感。于是，女儿害怕一个人在卧室，她就连自己洗脸刷牙都带着女儿，然后抱着她去卧室，陪着她，搂着她睡；知道怒吼对女儿来说只是噪声，她开始慢慢学会控制自己的音量。她用照顾小宝宝的方式照顾女儿，把女儿幼时缺的陪伴和拥抱慢慢还给她。过了三个月，女儿总算阶段性地告别了夜惊症。

处理女儿与学校、老师的关系是另一件必须去做的事。

庆幸的是，女儿在一个比较佛系的学区，教学质量好，老师也非常专业。班主任老师一开始惊诧于女儿的独特性格，但慢慢也摸清了她的习性，开始想办法因材施教。

做全职妈妈后，她的交际范围发生了巨大变化，每天接送孩子，和一群爷爷奶奶为伍，一聊就是半小时，节奏明显慢了下来。有朋友会问“在北京这样‘鸡血’的教育环境里，你为什么不焦虑”，她还真是不太焦虑，主要是到不了那个阶段。当别人为了选择学习班、上奥数、学钢琴折腾的时候，她还在处理孩子的身心健康这种基础性问题。欠的债还没还清，着急有什么用呢？

做全职妈妈也会让她沉淀下来去思考，如果她自己都不幸福，如何让孩子幸福；如果她自己都不好，怎么让孩子变好呢？接纳孩子其实也是接纳自己。她想原谅自己，原谅自己没那么成功，没有太多钱，原谅自己曾在孩子的成长过程里缺席，原谅自己自始至终没办法给女儿提供优渥的生活和无忧的未来。

在决定做全职妈妈的时候，她曾对家里的经济实力进行过评估。她老公的收入是固定的，她换工作后收入翻番。在还完买房的欠债后已经略有积蓄。最重要的是，她之前做兼职影视策划积累了一定的人脉，这份兼职如果发展起来，足以支撑生计。

女儿的情况比较稳定后，她开始继续做策划和撰稿工作。女儿知道妈妈以卖字为生，这样自己才有零食吃，才能在游乐场敞开玩。还有一个意外之喜，不知道是先天基因还是后天熏陶，她发现女儿对文字很敏感，比较像个文科生，上能和她一起探讨刘慈欣的宇宙建构，下能陪她一起看 BBC 动物纪录片，她想：有女儿的陪伴，也算人生一大乐事。

其实她最大的难题始终是没有替手，老公太忙，永远处于自顾不暇的状态。好不容易一切上了轨道，她才想起，除了要做母亲，她还是一个女儿。母亲在肿瘤切除手术后主要由父亲和姐姐、姐夫照顾，而她只能靠电话视频送上问候。情况稳定了一年，最糟糕的情况还是发生了，肿瘤转移了。

母亲也是倔强的，从初中毕业当上村里的妇女干部，到跟父亲转业到城里扎根，白手起家全靠个人奋斗，宁愿吃苦也要争口气。这样的母亲绝不会让女儿在婆家受委屈。她从婆家叛逃后，母亲便承担起了照料孩子的大部分职责，好让她能腾出手去处理自己的一地鸡毛。

她把母亲接到北京来治疗，放疗有效果，肿瘤缩小了一半。那时候她特别庆幸自己当初能来北京，让母亲如今可以得到全国最好的医疗救助；也特别庆幸自己全职在家的决定，不然哪有时间和精力去向母亲尽这份孝心呢？然而几个月后，母亲因肺部感染病危。她带着女儿赶回去，和姐姐、姐夫一起照顾了她八天，最终无力回天。

母亲死于器官衰竭，放疗杀死了母亲的健康细胞，摧毁了母亲的代谢系统，让母亲最终熬不过一次小小的肺部感染。40 岁的她，第一次面对至亲的离去，也被逼着面对那个必然的终点。她从母亲那里继承了很多，有善良和坚韧，也有强硬和控制欲。正因为像，她才会担心重复母亲的命运，太要强，太多责任，太多放不下，这样真的太累了。

参加母亲葬礼的时候，她觉得有些荒诞。客厅里是灵堂，母亲的遗像前是燃着的香火。另一侧的餐厅里，亲戚朋友在吃流水席，常年不碰面的人们借这个机会聊聊家常，气氛轻松，伴着哀乐声的甚至是欢声笑语。这也许是中国家庭消解悲哀、应对死亡的一种方式。母亲见到这一幕应该也不会生气，操劳了一辈子，不就是为了这样一个家吗？一个母亲、一个妻子、一个跳出农门的事业女性……母亲被不同身份撕扯的一生，在这一刻尘归尘、土归土。

而她也在思考，年届 40 的她，人生又会有什么不同呢？

婚姻这件事

母亲的丧事，她老公来送了最后一程，陪她一起向来宾一一跪拜还礼，骨灰盒是她老公在灵车上端着一路送到墓地的，红木的盒子，很重，她端不动。母亲弥留之际，她曾考虑送她进ICU，这需要大笔的钱，她老公表示家里有多少都给她。虽然最后没用上这笔钱，但她老公这份气概是她欣赏的。她老公总是让她觉得指望不多，但她还是不想离婚——有退出成本的考虑，也有感情的考虑。

她常常和她老公说："俗话说'男怕入错行，女怕嫁错郎'，你是入错行，我是嫁错郎。"近几年，公务员已经不再是一个好的职业选择，收入不高，工作繁重。老公正是中层，夹心饼干，领导不断压任务，下属却不给力，加班对他来说是家常便饭。

在她成为全职妈妈之后，老公更是变本加厉，完全不理家事，她的抗议被他用一句话就挡回来："你不是不上班吗？"最糟糕的是，他在单位受了委屈，就在家里歇斯底里。孩子乖就来揉一揉，孩子闹就恶语相向甚至动手揍，以至于孩子根本不想和他单独相处。在全民讨论"丧偶式育儿"的时候，她则是"宁愿丧偶式育儿"。

但在家庭生活里，她也看到过他的努力：在为孩子认真挑选书籍和玩具的时候；在她焦虑抓狂他主动安慰的时候；在他想发火，又极力克制的时候。他对自己坏脾气的克制，多数是失败的，但是她觉得这段关系还是可以抢救一下的。

女儿接受的沙盘治疗，似乎也给了这段婚姻另一种解释。女儿曾经用沙盘构建了一场水系和土系力量博弈的战争，按五行的说法，水代表母性力量，土代表祖父母辈。家庭矛盾反映在了孩子构建的意象里，当然，在这场想象的战争里，水系力量大获全胜。孩子还是向着妈妈的。那她和她老公的关系呢？心理医生从另一个角度给了她一个合理推测，一个被母亲控制长大的巨婴想脱离母亲的控制，他能怎么做？答案是找一个同样强悍足以对抗甚至战胜母亲的妻子。所以，和她结婚，可能是她老公潜意识的选择，这种选择也奠定了他们关系的基调——她是他的第二个妈。

做全职妈妈之后，她有更多的时间停下来去思考婚姻的走向，是否要建构一种养成系的夫妻关系？她作为他的半个妈，不得不逼着他长大。

她试着帮他梳理职业生涯的利弊得失，分析他的性格和未来的发展。虽然这种讨论总是伴随着争吵，他总觉得她不理解他，但是他的思路在争吵中的确越来越清晰了。他开始思考离开机关的可能性，她帮他找到靠谱的猎头，他进行了几次面试。最终，他选择了留在机关。虽然情况并没有发生什么变化，但是被迫工作和主动选择是完全不同的状态。他的职业生涯里肯定还会有磕碰，但是她觉得他会更理智地面对。

2019 年，她老公的单位搬到了通州，一天四小时在路上。她总是想让他在单位吃晚饭，因为他如果回家吃，她晚上需要做两次饭、洗两次碗。不过另一方面，她也挺理解老公对于热饭热菜的执着，被工作和通勤占满的生活还是需要一点儿烟火气的，所以她采取了自己做大餐、简单的汤与馒头、外卖点单这三种混搭的模式。他对于吃食的挑三拣四还是经常让她抓狂，但是基本不会引发争吵和持续的怨念。她想，对他进行降维处理就好，不需要让他做一个顶天立地的男子汉，能够有成长和进步就很不错。

40 岁这年，她经历了失去母亲的哀恸，也化解了一次她和老公的中年危机。她想，可能所谓人生，不过就是一桌差强人意的宴席吧。

比结婚与离婚更重要的

丘濂

随着社会接纳程度的提高，以及女性越来越愿意去正视和满足自己的情感需求，崔素贞接手的类似个案也在增多。“作为咨询师，我们能够察觉到这种微妙的变化。早年间的客户属于‘不得不来’，也就是心理问题严重到崩溃的边缘；接着是‘能摆在台面上说才来’，好比那些说出来没有道德压力的；现在则是有情感困惑，就乐于主动寻求咨询。”

说出来的情感需求

40 岁后的婚姻，或许大多处于“平淡如水”的稳定阶段。然而，其下涌动的暗流却可以从心理咨询师所接触的案例中可见一斑。

北京某心理法律咨询师吴瑞称这个年龄阶段为“感情洗牌期”。“男女双方年轻的时候，可能对需要怎样的伴侣并不明确。随着时间的推移，彼此都在成长，逐渐发现对方并不是自己理想的对象。”2014 年之前，吴瑞接手的多是中年女性“被出轨”的案例，最近几年，她明显感觉 40 多岁的女性前来诉说“移情别恋”的现象增多了。

有意思的是，这种女性“出轨”的趋势并不能全部得到数据的支持。根据国内一家女性心理成长平台 2018 年发布的情感白皮书，在 5000 名随机受访者中，70% 为已婚状态。在已婚群体中，明确因为婚外情来咨询的来访者达到 52%，其中 45 岁以上女性占比最高，但绝大多数婚外情咨询都属于女性“被出轨”的情况。在这款女性心理成长类 APP 上推出的课程例如“丈夫出轨后妻子的应对策略”“出轨丈夫的三条回归路径”之类，也多针对“被出轨”的女性。

中年女性在婚姻关系中究竟处于主动还是被动的角色？

在这款女性心理成长类 APP 上推出“走出背叛”等一系列应对婚外恋课程的心理咨询师崔素贞说，社会对于男性和女性发生婚外恋一直有着双重标准。“比如男性，如果他遇到这种情况，也许并不惧怕告诉朋友，甚至会带有一种炫耀的‘征服感’；而女性，则是小心翼翼，兴许连闺密都不见得能吐露。这才会导致前来咨询婚外恋问题的女性基本都是‘被出轨’的情况，她们认为此时自己是需要他人来关怀的弱势，在道德上没有瑕疵，所以更愿意倾诉以求得关注。”

而女性发生婚外恋的情况一直都隐秘地存在着。这从中国人民大学的社会学学者潘绥铭在 2015 年所做的全国范围内的“外遇”调查也可见一斑。那次调查有超过 5000 个样本，年龄跨度从 18—61 岁。最后得出的结论是，大约每 3 个丈夫中和每 7.5 个妻子中，就有一个曾经出轨。这个数字高得惊人。潘绥铭说，之前有 6 个欧美发达国家做过类似调查，最低的男女出轨率平均在2%，也就是100个人里有2个。

随着社会接纳程度的提高，以及女性越来越愿意去正视和满足自己的情感需求，崔素贞接手的类似个案也在增多。“作为咨询师，我们能够察觉到这种微妙的变化。早年间的客户属于‘不得不来’，也就是心理问题严重到崩溃的边缘；接着是‘能摆在台面上说才来’，好比那些说出来没有道德压力的；现在则是有情感困惑，就乐于主动寻求咨询。”尽管这样的女性个体不足以让崔素贞在网络平台上开课，但是和咨询师吴瑞一样，她在和越来越多具有这样情感经历的女性打交道。

离婚，不惧怕

素然刚开始来咨询的时候，只是抱怨和丈夫已经进行了若干年的无性婚姻。后来经过了解，咨询师才知道她在婚外另有男友，因此也就不在乎和丈夫的婚姻质量。她选择保持婚姻，很大程度上是为了孩子，因为孩子和爷爷奶奶关系亲密。在老人的管束下，素然不需要操太多心，孩子的功课就能在班上名列前茅。这可以说是素然当时从婚姻中获得的最大收益。素然在婚姻中所获得不了的满足则全部在婚外解决——有一次，家里弟弟结婚，丈夫不肯出一分钱，最后还是男友给包了红包。

这是吴瑞接手过的一个婚外情案例。“过去人们会对中年女性有一种刻板印象，就是她们惧怕离婚，担心这样的年纪离婚后没有保障。但其实在案例中我看到，女性完全可以衡量一段婚姻的利弊得失，她们选择维持婚姻的形式也是有原因的。素然的婚姻虽然存在很大危机，但她个人的情感和需求暂时处于平衡当中。”

然而这种平衡却是脆弱的，崔素贞手中的案例多半如此。“一来婚外恋涉及多角关系，随时会有不稳定因素出现；二来置身婚外恋的女性，边界感都比较差。她往往会加重感情投入，越陷越深，最后得不到相匹配的回应，就会使心态失衡。比如会有这样的对比产生：我和你的原配妻子，到底谁更重要？”

崔素贞会带她们来评估，到底女性从婚外的关系中想要获得的是什么？她总结，人到中年的婚姻，由于缺乏经营婚姻的热情，夫妻两人会在情感联结上出问题，具体表现为亲近性、回应性和投入性的降低。也就是你在不在？你是否能满足我的需求？你是否足够重视我？这些问题的答案都是否定的。那么，当婚内的联结不够顺畅，婚外的男人是否能符合她的全部期待呢？

崔素贞说，通常都是婚外的男人采取了逃避模式，以与婚内关系同样的方式相处出现了困难，这样咨询对象才会产生纠结。但因为是婚外，对方会采取“退”的态度，而婚内关系至少还存在主动修复的意愿。那么女方对于亲密关系的索求有没有可能从个人成长的角度来探索？如果女性一直期望的是一种父亲般的关心，那可能是和原生家庭的相处模式有关。那么咨询师就会定位到这个问题，帮助女性从个人心理上进行完善。

“自我成长一般会导向不同的结局，一个是女性成长了，同时带动了婚姻关系里的男性，夫妻关系就会改善；第二种是，自身成长了，过去的问题已经不再是问题，夫妻关系是维持还是放弃都可以主动选择。”崔素贞说，中年女性的家庭还有一个特点，就是夫妻双方为了孩子倾向努力修复关系。“他们知道假如只保持形式上的婚姻，对于孩子的成长是非常不利的，他们更愿意为了孩子而做出追求幸福的表率。”

但对于婚姻关系是否一定要保持，更多女性则是持开放心态。“否则她们并不会来找心理咨询师，而是会去专门的‘挽回公司’。”崔素贞说。

心理咨询的目的是让来访对象能够明确内心的追求，自主做出顺从于心的决定；而“挽回公司”则是一种提供服务的公司，结果先行，以维护感情关系为目标，并不注重在根源上解决问题。

崔素贞提到了一个案例，一位中年女性在得知丈夫有婚外情后离了婚，但觉得自己是在冲动之下做出的决定，于是找到崔素贞咨询是否有可能复合。崔素贞在经过分析后，觉得两个人的症结是从未有过平等的相处，她需要的尊重在丈夫那里得不到。包括丈夫让第三者怀孕，也并没有想对那位女士以及孩子负责，也让当事人间接看清了丈夫对女性一贯的轻蔑态度。她最后坚定了自己离婚的想法。既然自己在经济上是独立的，为什么不离开这段一直以来就失衡的关系呢？

单身，不焦虑

另一类没有处于婚姻状态中的中年女性是什么状态呢？

心理咨询师赵永久用“不焦虑”来形容他所见到的单身女性咨询者。“十年之前，女性对于没有对象的焦虑是渗透在各个年龄段的，当年生活服务类节目《非诚勿扰》的热播就是证明。当时还有正在上大学的女生来找我做咨询，就是关于如何化解谈不到恋爱的焦虑。”赵永久说，这种焦虑背后深层次的原因是城市中男女人口比例的失调，“农村存在重男轻女的现象，因此人口结构是男多女少；城市中，外来女性不太计算安家成本，并且从事第三产业具有天然优势，因此人口结构逐渐变成女多男少的格局。”赵永久在十年前就写专栏文章预言“姐弟恋”将是未来男女结合的趋势。

2008 年，赵永久的公司成立之时，为了回应这种四处弥漫的焦虑感，以教授恋爱技巧为主，被媒体称作一家专门从事恋爱培训的机构。“就是一些实用性的‘妙招儿’，教给学员交友网站应该放什么样的照片、个人独白应该怎么写、第一次约会要谈论什么话题。都是可以快速见效的方法。”赵永久说。

如今，婚恋焦虑感减弱。“社会认知的变化是最主要的，晚婚晚育更加普遍，对‘大龄’的界定也日益拓宽。‘姐弟恋’虽然谈不上随处可见，可人们的评价明显发生了变化，反而会钦佩这类恋情当中的女方。”伴随这样的变化，赵永久的职业定位也从原先的恋爱技巧培训师变为心理咨询师，也就是辅助咨询对象从向外看变成向内看，由探索自我而获得改变。这样虽然花费的时间较长，但是能从根本上改善状况，是现在的单身女性很乐于去尝试的。

赵永久举了一个例子，如果一位女性抱怨自己不足够吸引人，这么多年总是开始不了或者不能长久维持一段亲密关系，技巧方面当然可以帮助她换一套言谈举止，但根源上有可能是因为她混淆了“真我”和“假我”的关系。“有的人在很小的时候‘真我’就被打压了，一直表现出来的都是‘假我’，也就是在外界的要求下所形成的那个人格。这样的人表现出来的模样就是缺乏创造力，不够鲜活；做事情时如果其他人不给一个意见，她就不知道怎么来做。那么我们就会让她听从内心真实的想法。假如能释放出那个‘真我’，会显得有个性，也就有了个人魅力。”

在心理咨询师陶思璇看来，单身的中年女性，可以分为“被动单身”和“主动单身”，也就是渴望婚姻而不得和自主选择不要婚姻。前者需要咨询师的帮助，而后者自己就能过上圆满丰富的生活，不会去寻求心理咨询。

“但有一种情况，就是在社会压力下，看不清自己的真实需求：我究竟是想要婚姻，还是更向往单身？”陶思璇的咨询客户里有一位名叫寒晓的“大龄”中学女教师。用当事人自己的话说，过去的经历就是家里人逼着四处相亲，在“江浙沪所有的婚恋俱乐部，全部都是会员”。虽然听起来很夸张，但也部分可见她的现状。来到陶思璇这里，她就表达了自己对于婚姻关系追求的困惑。

在参加心理工坊的过程中，有一个环节会用到一种叫“家庭系统排列”的心理学方法，也就是让不同的人来扮演家庭情境中的人物，当事人作为旁观者站在一旁对家庭系统中所产生的问题进行观察。也就是在那一刻，寒晓感到，自己要的就是单身，那是最让她轻松愉快的状态。

陶思璇本人也有相似的经历。她很早就是个不婚主义者，因为她认为自己是一个非常自我的人，“像石子一样让人硌得慌”，需要足够的私人空间。而婚姻是会把男女双方两个家族都连接起来的，势必就要牵扯到处理与其他家庭成员的关系。

陶思璇40岁那年，正在意大利进行心理学方面的学习。在意大利，中年女性正是受宠的年龄，社会普遍认为丰富的阅历会给女人带来特别的气质，因此年龄大小和追求者多寡之间并没有关系。而回国之后，陶思璇感到了从家庭到社会对“大龄”女性不友好的氛围，慌乱之下也参加了几次相亲活动。经过这段“歧路”之后她才又明确了个人追求。

陶思璇说，她想要的是一种“浪漫之爱”，那里面包含了激情、陪伴和承诺，可以发生在婚姻内，也可以在婚姻外而独立存在。“这种爱可遇而不可求，就算暂时没有也不必着急。因为这个年纪，对于我这样‘主动单身’的女性，有更多精彩的生活和更需要投入精力的事业；而情感生活，只是其中的一个部分。”

在婚姻的禁锢中，努力成长

王珊

人们对婚姻的满意程度更多取决于自己在婚姻里有没有成长。也就是说，每个人都应该发展成一个独立有成就感的自我，而不应该仅仅为了配偶或者家庭牺牲自己。

不该开启的婚姻

许萌（化名）是在想要自杀时才想到去找心理咨询师求助的。有一段时间，她总想着去死，可她又担心孩子没人照顾，就想着要不要把孩子一起带走。她知道自己的状态不对，又不好意思去看心理医生，就给自己报了个心理咨询的培训班。第一节课上，老师问了一个问题："你们为什么来上这个课程？"轮到许萌回答的时候，她号啕大哭，话也说得断断续续的，十几年来所有的委屈都在那一瞬间爆发。"我觉得自己顿时找到了出口。人的喜怒哀乐，都需要有个情绪出口。我第一节课就在班上出名了。"

许萌是在 2019 年 5 月离婚的——在步入婚姻十三年之后，那年她 39 岁。她和丈夫从结婚开始就一直分开住，两个人在同一座城市，却从来没有像别的夫妻一样温馨地过日子。事实上，这是一段不该开启的婚姻。

许萌生活在北方一座省会城市，父母都是军队转业的干部，从小对她要求非常严格。在许萌的痛苦记忆里，父母为她设定的标准就是“完美的人”，为了符合这个标准，她必须要成绩最好、最守规矩。帮助父母维持这个标准的是家里扫床用的笤帚，小时候只要她考试没考好或者晚上 8 点之前没回家，父母便会用笤帚打她的脸，说“学习不好就是不要脸”。挨了打之后，许萌就得带着伤痕去上学。“你知道他们是爱你的，这种爱很具体。但他们没把你当成一个人看，而是当成一种附属品。他们认为他们的观点和话语都是正确的，你照此执行就行了。”许萌和前夫同读一所医学院，那时，已经硕士毕业的许萌去给前夫所在的博士班讲一些课。刚认识时，许萌发现前夫和自己有很多观念和经历相同，许萌说自己没谈过恋爱，前夫也这样说；许萌说一旦牵手一个人就要白头到老，前夫也是这样的想法。许萌觉得自己很幸运，碰到了这样一个人。但后来她发现，前夫对她的迎合只不过是因为她所在的岗位。许萌所在的医院是省内最好的医院，许萌在项目管理岗，对于医院招聘有很大的决策权。

前夫在正式入职医院后，对许萌就有些冷落，不想关系再进行下去。许萌接受不了，虽然她也发现两个人在观念和性格上不合适，但两人已经发生了性关系。她特别害怕，从小父母就告诉她，对于女孩来讲，贞操最重要，她不能接受自己的不完美，“我不能允许我跟一个男人上床之后，却没有结婚。我从小那么努力那么优秀，我接受不了自己有任何的不完美。”她更怕的是父母的眼光，她害怕父母知道之后会辱骂、责打她。在争吵起不到作用之后，许萌尝试自杀，以此将前夫逼进了婚姻。

这场一开始就自带不幸色彩的婚姻开启之后，前夫迅速出国交流，回来之后就回到了他自己的家。两个人的住处只相隔十几分钟的路程，但两人既不交流，也很少有性生活。许萌陷入了对自己深深的否定中。她其实长相很不错，读书时还参加过当地的模特大赛，拿过第三名的成绩。婚姻里的挣扎让她开始寄托于食物，体重一度达到了 200 多斤。父母发现了她的不对劲，再三逼问，才知道她结婚竟是这样的过程。但她父母不仅没给她安慰，反而指责她“不自爱”，“我妈说一切的根源都因为我在婚前跟人发生了关系，说我活该承担。”

这些不理解，让许萌在泥潭里越陷越深，根本不敢有哪怕一丝离婚的念头。后来孩子出生了，前夫也不管，他觉得自己没有义务。许萌的父母帮忙带着孩子，母亲又将所有事情的根源指向许萌的婚前性行为，“如果不是你，我们就不会这么累，早就痛痛快快过退休的闲暇日子了，现在还要把时间全耗在你身上。”在学习心理课程的过程中，许萌一直在学着接纳自己，接纳家庭和父母的态度，但她依然很难下决心从婚姻中走出来，她觉得父母肯定会指着她骂“不争气”“中年失婚妇女”，后来证明也的确如此。但从没有人告诉她，这一切一开始就不是她的错。

事实上，直到许萌 2018 年体检检查出癌前病变，才下决心要跟丈夫离婚。她躺在病床上，想着儿子和父母。“我当时想我还没有送走我爸妈，儿子还没长大，我不能再这个样子了，我必须要重新开始。”许萌说，人只有面对生死的时候，才可能冷静地看待自己，“除了生死都是小事。”许萌重新开始的第一步就是与丈夫离婚。

湖面下的坚冰尽管只是靠报了一个心理培训班来打破，但跟许多人相比，许萌能够想到求助于心理咨询已经是很不容易的事情。李松蔚是一位心理咨询师，他说：一般来做婚姻咨询的人，其实都是尝试了很多挽回的方法无效后，才会来求救。即使来了，人们也不会一开始就谈婚姻里的问题，他们会讲自己的性格，讲孩子，甚至讲到对方有外遇，但基本都不会承认自己的婚姻有问题。

“这些内容背后都是在谈自己的婚姻关系。我们的文化不鼓励把婚姻当作一个问题来对待。在中国的文化里，婚姻可以感情平淡，可以吵架、出轨，可以没有性生活，就是不能离婚，因为离婚对孩子不好，对自己影响不好，也有人担心父母在街坊邻居面前抬不起头。”

在复旦大学社会发展与公共政策学院社会工作学系主任赵芳的家庭治疗室内，会有很多夫妻来寻求帮助，但几乎没有人是因为婚姻问题而来的。他们往往很焦急地问赵芳：“我的孩子有网瘾，我的孩子叛逆不想上学应该怎么办？”然而，经过分析之后，赵芳发现，孩子的行为其实只是父母婚姻的一个症状表现，问题的根源还在父母。赵芳说：比如那个有网瘾的孩子，实际上是因为父母两人关系冷漠，在教育孩子上理念又不一致，经常会让孩子两头为难，孩子就会去虚拟世界寻求安慰。

赵芳的治疗室还来过一个男生，这位咨询者在赵芳面前很痛苦，他觉得自己很糟糕，没有本事，帮不到母亲。在咨询过程中，赵芳才知道，男生的母亲从小被过继给他人，寄人篱下的日子过得很苦，好不容易结婚嫁人，老公却非常糟糕，还伴有家庭暴力。“等儿子出生后，母亲把所有的情感都放在了孩子身上，并告诉他，自己一生很惨，这辈子只能靠儿子了。这就像一个紧箍咒，把儿子压垮了。”赵芳最后对男生说“你母亲的问题不是你的错”。“家庭是一个整体，孩子的问题跟家庭有着千丝万缕的关系，如果父母不做出改变，孩子的状况也是很难改变的。”赵芳说。

一位心理咨询师说，即使在不少看似美满的婚姻里，平静下面往往也可能隐藏着一块坚冰。一直到了“美满婚姻课堂”上，青岩（化名）才敢和老公进行孩子出生后的一次吵架。“美满婚姻课堂”是英国夫妇尼奇·李和希拉·李夫妇开设的婚姻课程，主要是为了帮助夫妻在婚后建立稳固持久的婚姻关系。

这个课程开设的初衷，是面向那些结婚五年内婚姻还处在上升期的夫妻。但在中国，情况有些变化，课堂面对的对象年龄跨度比较大，有新婚夫妻，也有结婚四五十年的夫妻；有还在蜜月期的夫妻，也有面临危机的夫妻。李隽楠和先生是美满婚姻课程中国区的带领人。最初，李隽楠也是以学生的身份报名参加到课堂中去的，在那堂课上，她发现原来大家在婚姻中都面临着各种各样的问题，缺乏具体的指导，所以就把课程从英国引到了中国。

李隽楠会在婚姻课上设置很多问题，夫妻双方围绕问题坦诚沟通。她设定了一个前提，一方讲话的时候，另一方不许插嘴，同时要在对方讲完后把话复述出来。这往往会发生两种情况：一种是等不及一方说完，另一方就着急去否定；一种则是复述的时候完全不是对方要表达的意思。“在夫妻生活中，很多时候我们看着像在沟通，其实并不是有效果的。这个场域就是给大家一个交流的空间，让沟通和了解真正发生。”李隽楠说。

在婚姻课上，来访者会被问到这样一个问题：你们在相处时最痛苦的一件事是什么？当时青岩和老公都沉默了。他们都知道最痛苦的事情是什么，但事情发生后两个人一直小心翼翼地没有触碰。

事情发生在儿子出生以后，青岩的公公婆婆来帮忙带孩子。在育儿问题上，青岩与公婆整天都在矛盾中混战着，比如青岩认为孩子母乳四个月期间不用喂水，不然对小孩子肾的发育不好；青岩的婆婆怕孩子渴着，就在客厅里偷偷喂，结果孩子被呛到，青岩就很生气。

促进矛盾扩大化的，是孩子跟谁睡的问题，青岩希望孩子跟自己睡，可公婆听到孩子哭声就不愿意，非要抱回去。青岩不给，公婆就在门口守着。这一次，青岩忍不住了，跟婆婆大吵了起来，甚至说了重话——青岩是北京姑娘，老公来自小城市，双方其实一直在消费习惯上有矛盾的地方，青岩戳向了这里。虽然后来她还是跟公婆道了歉，不过这件事情就像一根被按下去的针，尽管谁都当它不在，但它依然在那里戳着。

与公婆的矛盾，让青岩感受到了老公夹在父母跟她之间的无助。有一天她醒来，发现老公在哭，家里的小狗在旁边呜呜地陪着他。她觉得如果不消除这个矛盾，后面会严重影响她跟老公的关系，但她又不知该怎么表达，就报名了婚姻课。

“大多数人的婚姻都不是一下子跌入谷底的，而是慢慢发生的。但并不是每次吵架我们都有勇气去说对不起，去摘掉那根刺，婚姻课就提供了这样一个场合，有氛围、助推力，帮助我们说出埋藏在心里的话。每个人在婚姻中都是需要帮助的，但从小到大都没人教我们怎么谈恋爱，结婚后应该怎么做。你在课堂上能够看到别的夫妻的相处模式，会发现其实我们也可以像别人一样好。”青岩的老公说。

李隽楠的婚姻课已经进行到第 16 期。她说有时候一方想到要通过婚姻课求助时，其实已经太晚了，在婚姻中消耗得太多，另一方已经没有力量了——而这个课堂需要两个人一起努力完成。她也会觉得有些无力。

李隽楠提到课堂上遇到的一对夫妻，两个人都非常优秀，工作稳定。两人矛盾的源头是跟父母一起住。男方的父母要求严格，连鞋子的摆放都需要朝同一个方向，女方接受不了，要求搬回自己的小家。在女方一次次的逼迫下，男方去跟父母表达了女方的想法，父母勃然大怒，觉得男方不孝顺，才会提出这样的想法。女方的要求得不到满足，在这个家庭里越来越痛苦。她开始变得对老公冷冰冰，即使面对对方一些善意的提议，她也会带有情绪。后来，她发现老公出轨，两人最终选择了离婚。

其实这对夫妻中的女方在课上跟李隽楠讲过自己的故事。她说从小自己父母关系就不好，以至于冷战十几年都不说话。女方记得，她感到最幸福的情景是学龄前和父母两人一起躺在床上说话。所以，读大学的时候，女方千方百计想要离家远点，结婚之后也希望能有一个自己的家庭。与公婆一起生活让她觉得自己是一个外人。“其实男方也是因为从小被爷爷奶奶带大，他的父母太渴望和他在一起，去弥补过去所失去的，所以男方很难选择。如果双方能够好好沟通，这个后果是可以避免的。”

更多的选择

相比于以往，婚姻的维持仿佛变得越来越困难。2019 年 1 月 30 日，我国民政部发布“2018 年 4 季度各省社会服务统计数据”。数据显示，2018 年，全国离婚登记人数增长为 380 万对，离婚率实现了十五年连续上升。当年，离婚数与结婚数的比值达到了 38%。“离婚率升高在某种程度上是因为人们对婚姻有了更多元的要求，过去人们的结合只是搭伴过日子，现在则不是这个样子。”李松蔚说：从某种程度上看，离婚率的上升是社会进步的一种表现，说明人们有了更多的选择，“就像现在辞职率比以前高了许多，我们不会说不健康，我们会说年轻人有想法、有追求，不再只是想找到一份工作而已”。

2004年，美国家庭社会学领域学者安德鲁·切尔林（Andrew Cherlin）在他的文章《美国婚姻的去制度化》（*The Deinstitutionalization of American Marriage*）中对美国人婚姻变迁的三个阶段进行了探讨，他认为在美国，婚姻的意义经历了三个阶段的变化。

第一个阶段发生在19世纪50年代以前，美国的婚姻是以制度化婚姻为主，此阶段男人和女人的结合更多的是服从传统以及基于传宗接代的需要。

第二个阶段发生在19世纪50年代以后，婚姻的意义发生了明显的变化，婚姻逐渐从一种制度化的关系变成了一种陪伴式的关系。这个时候，人们强调，夫妻双方不仅是彼此的恋人，也应该是彼此最好的朋友。

第三个阶段则出现在近几十年来，人们对婚姻的满意程度更多取决于自己在婚姻里有没有成长。也就是说，每个人都应该发展成一个独立有成就感的自我，而不应该仅仅为了配偶或者家庭牺牲自己。“这些变化都是跟社会进程密切相关的，以前人们的婚姻其实也有许多问题，但没有其他选择，只能待在不舒服的婚姻里；现在则不一样，人们不是必须留在婚姻中，甚至人们不一定需要婚姻这种形式。”赵芳说。

朱耀萍是一名心理咨询师，在上海浦东新区民政局做婚姻指导服务。她说，在以往的婚姻中，女性也会感受到不舒服，只是没有渠道可以解决这样的问题。“比如说大家想找人聊聊为什么自己会那么难受，但往往得到的是‘你包容一下’‘接纳一下’这样的答案。话都懂，但应该怎么做是不知道的，现在就有人会告诉你怎么做了。”

在朱耀萍的咨询室里，她曾经碰到一个女生，这位女生一直觉得自己在婚姻中受了委屈。刚开始谈恋爱时是男生主动追求的她，对她非常好；等成功追到她以后一切都反了过来，她要帮男生准备早餐、洗衣服，后来男生一直不提结婚她就追着男生结婚，对方连彩礼都没给。“女生是名校硕士毕业，男生是大专毕业，乍一看女生是强势的，但其实她由于小时候经历的问题，一直处于低自尊的状态，加上婆婆怕儿子吃亏，也一直给她施压。”朱耀萍要做的就是帮她树立起自尊，告诉她如何去面对自己的需求，她自己又有什么样的资源可以应对。

李松蔚说，在婚姻咨询中，咨询者以女生为主，只有一种模式下男生才会出现，就是男生被女生拽着来一起面对问题。李松蔚说，这并不是说女性感受痛苦的能力比男性强，而是在婚姻中，随着女性受教育程度的提高和社会地位的提升，她们比以前更愿意走出不适区。“即使到现在，在婚姻中，男性还是受益方或者受益更多的一方。”

这是有着科学依据的。2006 年，德国马格德堡大学教授斯特凡·费尔德（Stefan Feld）研究小组在对欧洲各国超过 10 万名居民生活展开跟踪调查后，科学家发现，婚姻使每名男性增寿 1.7 年，但女性的平均寿命因婚姻而减少 1.4 年。研究报告分析认为，家庭和事业的双重角色是女性在结婚后减寿的主要原因之一。

费尔德说，女性在婚后会倾向于适应配偶的生活方式，这也是婚姻对男女性造成不同影响的原因之一。比如，在单身人群中，女性烟民比男性少得多，因此按概率许多没有吸烟习惯的女性会嫁给男性烟民。结婚后，女性往往会被配偶“同化”成烟民，或者经常处于被动吸烟的状态，使健康受到影响。“处于舒适区的男性，很多时候是不愿意变动的。”李松蔚说。

在努力两年之后，王丹终于结束了老公对她颐指气使的婚姻。在与前夫认识前，王丹刚刚结束一段被劈腿的恋爱关系，所以当做事礼貌得体、能说会道、高高壮壮的前夫出现时，她觉得很有安全感，而且，前夫的家庭看着也非常和睦。

可是结婚后，她发现，公婆的生活几乎与他们两人绑在了一起。前夫在邻近的县里当公务员，每到周末才回家，本来是两个人相聚的日子，公婆一定也会跟着过来。这时王丹才发现这一家三口都特别懒，全等着她做饭、刷锅、洗碗，三个人则光着脚丫坐在沙发上。

王丹觉得憋屈，跟前夫抱怨，结果反而引起了公婆的愤怒，不仅连被子也不叠了，还指责她总是加班。有一次她在墙上贴了几张卡通画，公公马上就发火，说房子和装修都是他掏的钱；后来更甚，老两口会去翻她的东西。有一次他们出去旅游，直接将她皮箱里的东西全部倒在房间里，没有收拾就走了。

离婚之后，王丹躺在床上总是不想起来，窗帘也不想拉开，总觉得心里在发抖。她去看心理医生，却觉得讲了半天也没有作用，最终只能靠自己慢慢进行疗愈。

“我们做婚姻类咨询的必须要有足够的经验，要能够戳到人家内心深处，启发别人去思考，如果你一直在某个层面兜圈子，兜了二十分钟，对方会觉得没有效果。”朱耀萍说，国外有非常完善的婚姻辅导咨询服务体系，比如说，结婚之前会有婚前辅导，会帮助两个人正确认识婚姻，看双方对婚姻的期待以及价值观是否匹配，以及结婚后两个人会承担什么样的角色。所以在这种前提下很少会有中国这样闪婚闪离的现象。

“从婚前辅导到婚姻辅导再到家庭治疗，很多内容实际上应该是预防性的工作，帮助家庭更好地发展，而不是等有创伤的时候再去治疗。”赵芳同时也担任中国社会工作联合会理事、中国社会工作教育协会家庭社会工作专业委员会副主任委员，她正在做一些专业团队下社区的工作。

“在治疗室，我们有时是等不到人的；我们来到社区，告诉人们，我们就在你身边，服务是可及的，我们能帮你解决问题。”“有些人做过干预之后，也会看到自己在婚姻中的很多问题，但如果回去不改变两个人日常相处模式的话，还是会出问题的。”朱耀萍提到，有一对夫妻，零零散散做了几次咨询服务，时间跨度三年，最终才找到了比较好的方向。

在结婚之前，许萌曾幻想过自己理想的婚姻生活——每天早起去跑步，跑完回来给孩子和先生做早餐；等下班以后，大家吃完晚饭一起散步，聊聊天做游戏。这样的生活，源于她小时候的美好记忆。那时，父母对她要求还不是那么严格，父亲经常带她去打羽毛球，周末一家人也会一起逛公园。

可是这样的生活，许萌自己的小家庭一点也没有过上。许萌说，如果没有这十几年的经历，她的人生可能是“小公主”的人设，找到一个很宠她的男人过一辈子。“如今，我 20 多岁的黄金年龄已经过去了，30 岁的痛苦和纠结也过去了，我 39 岁，即将迎来最好的时光。”

幸福婚姻的配方

陈祉妍

卡尔·罗杰斯（Carl Ranson Rogers）说："爱是深深的理解与接纳。"若能通过不辍学习而理解，通过积极看待而接纳，那么不可控的激情与幻觉之爱会被更有意识、更深刻的爱所替代，这或许是让美好婚姻保鲜的配方。

幸福婚姻配制篇

无论是绿茶＋蜂蜜＋柠檬，还是红茶＋牛奶＋珍珠，要制作一杯令人心满意足的夏日茶饮，需要对的比例、对的温度、对的次序。就像在婚恋中人们寻找那个"对的人"，把他/她当作婚姻配方中最重要的一味。不过，幸福婚姻的配方可能比这需要更多，它至少应该包括一点缘分、两个合适的人，以及不断地学习经营婚姻和积极面对双方存在的问题。

缘分

相遇需要缘分，缘分需要创造。英国一位未婚学者彼得·巴克斯（Peter Backers）在2011年发表了《我为什么没有女朋友》（*Why I don't have a girlfriend*）的文章，利用估算外星高级文明的德雷克方程，把英国人口出生率、女性比例、地域、年龄段、教育水平、彼此吸引的可能性等参数代入，估算出自己遇到潜在对象的概率是0.00034%。这个结论告诉我们，既然遇见潜在对象的概率这么低，那就更不能坐等幸福来敲门，而是要采取积极的策略，增加相遇的机会。

在相遇的渠道上，未婚男女不应该为自己设限：通过相亲认识的对象，并不一定乏味；通过网络认识的，也不全是骗子。研究人员发现，活跃的社交行为会增加遇见爱情的机会，而其中通过交友网站见面约会是最有效的，可以提高 17% 的概率。

需要注意的是，仅仅在交友网站上注册是不够的，有效使用交友网站还需主动出击。在网上似乎总是遇到骗子的原因之一，是自己太被动。通过对某大型婚恋交友网站的数据分析发现，会员中超过 70% 的人相当内向，而比较外向的会员则不足 10%。主动和陌生人打招呼，不是内向者的行为风格；但只有自己走出习惯的被动模式，主动向感兴趣的对象打招呼，才能有效地利用网络交友创造好的缘分。

对的人

弱水三千，只取一瓢饮——这需要明智的选择。有些人会因为择偶过程不顺，无奈降低标准。这样做可能会带来许多隐患，既可能降低自己未来对配偶、对婚姻的满意度，也可能会损害自我价值感。一个值得学习的正面榜样是艾米・韦伯（Amy Webb），她在 TED 演讲中告诉大家，在经历了一些惨不忍睹的约会后，她并没有像家人建议的那样放低标准，而是理清了自己看重的 72 项择偶标准，例如信仰、工作态度、育儿观念、休闲爱好、体重等，建立了一个计算公式：对方至少要达到 700 分，才与他通信；达到 900 分，才与他见面；超过 1500 分，才考虑投入感情。事实上，她在执行的时候略微降低了一点儿分数标准；但借助这套方法，她成功找到了合意的爱人。

由此看来，在择偶过程中秉持现实的高标准并没有错，建立家庭、共度人生这件大事确实值得慎重；但需要调整的，是不切实际的高标准。如果所有的标准既高又不可妥协，那么最终会导致标准之间的交集为空。就像故事里那样，一个男人走进婚姻介绍所，在他面前，每一项择偶条件都有两扇门可以选择，据说门后是符合条件的未婚女子，貌美如花或相貌平常，温柔体贴或性格普通……他总是选择推开条件最好的那一扇门，一扇又一扇门推过去，最后他回到了大街上——符合全部优点的对象是没有的。如果一个人在择偶时无法放弃不切实际的标准，常常是因为内心对自己的价值有所怀疑，他/她需要一个脚踏五彩祥云的理想对象来证实自我价值。

“对的人”不等于满身优点，而是适合自己的人，但什么样的人是适合自己的？回答这个具体问题是困难的。人们常常讨论一个问题：伴侣是相似的还是互补的好？对于传统的门当户对来说，最强调的是相似。从表面上看，门当户对意味着伴侣双方原本的家庭、社会经济地位相似：类似的教育、收入、地位、水平。而从心理行为特征来看，相似的成长环境可能导致行为习惯、价值观等方面的相似。凯利的个人建构理论认为，每个人对世界会形成自己的一套理解（建构系统），如果两个人之间的建构系统相似，彼此就更容易理解，更容易拥有共同的想法和感受。当两个人拥有相似的成长经验，自然容易形成相似的建构系统。

从这个角度来说，来自不同地域之间的伴侣则要面对更多适应彼此的挑战，北方人 vs 南方人，孔雀女 vs 凤凰男。从人格理论的角度来看，伴侣之间既有相似又有互补最好，遗憾的是，对于哪一部分该相似、哪一部分该互补，心理学家还有一些争议。如果不能确定最佳匹配，那么还是性格相似的最好，尽管有着双方弱点重叠的问题，但两人比较容易理解彼此；而性格完全不同的两个人，可能因为新奇而彼此吸引，但激情退去后免不了鸡同鸭讲，牛头不对马嘴。

对的自己

有些人经历了许多次相亲，尝试了许多段恋爱关系，却总是以失败告终。这时他 / 她也许会想：总是遇不到对的人，是不是自己“不对”。有些人会太早地怀疑到自己身上，其实可能只是因为自己没有去创造足够多相遇的机会，或者对择偶过程中所受挫折的耐受度较低。择偶过程应该是一个动态的过程，在不断尝试中反思自己的展现方式是否得当、秉持的择偶标准有没有问题等。现实中，有很多原因可能致使自己并没有处在“对的”择偶状态。在埃里克森（Erikson）的心理发展阶段理论中，建立亲密关系的阶段紧跟在自我同一性形成之后。也就是说，一个人需要有一定的心理成熟和自我了解才能更好地建立爱情关系，自我迷茫则会导致择偶过程中的迷失。此外，一个人没有消化处理好的童年创伤总会在亲密关系中浮现，让自己难以如实地看见对方，也会导致自己有意无意地做出伤害对方的行为。许多择偶困难户需要的并不仅仅是外在的机会，他们还需要一些心理辅导来梳理自己。有时候，人往往把注意力放在想要步入婚恋的那部分自我身上，而忽略了其实还有一部分自我并没有做好准备。

虽然把“对的自己”放在“幸福婚姻配制篇”之后，但这个成分恐怕比前两个成分更加重要。成熟、乐观、宽容的人能够适合更多的对象，更容易建立幸福的婚姻。因此“对的自己”实际上是幸福婚姻中最具决定性的成分。

幸福婚姻保鲜篇

“不知道从什么时候开始，在每个东西上面都有一个日子，秋刀鱼会过期，肉酱会过期，连保鲜纸都会过期，我开始怀疑，在这个世界上，还有什么东西是不会过期的？”（《重庆森林》）拥有永恒不变的爱情是普遍的幻想，而爱情终会过期更像是人们达成的共识。爱情或爱人，总有一个会逝去。（Love dies or else lovers die.）

关于爱情为何会消逝，心理学家从不同角度给出了解释。一种观点认为，爱情本身就是一种幻觉。“有一天我遇到了他，我献上了梦的衣裳，他把衣裳披在肩上，那一瞬间……日月星辰……都变呀变得黯然无光……”无论是看对方完美无缺，还是以为两人是天作之合，都属于不符合现实的幻觉。而幻觉在现实面前总会不可避免地破灭。无论双方如何想保有这件梦的衣裳，随着两人的日常共处越来越多，现实会像日光一样照亮彼此真实的缺点。于是研究者不无幽默地概括说，导致婚姻破裂的首要原因是人们“拒绝接受他们是在和普通人结婚的事实”。

另一种观点认为，婚姻可能会让人忽视和压抑自己对对方的愤怒，不满和失望也都是愤怒的姐妹。有的人可能觉得，我们的关系如此亲密，就算他亏待我一点，我也没必要都表达出来。有的人也会担心，一旦表达出自己对对方的不满，就可能伤害这份至关重要的关系。但人们却忽略了，没有表达出来的不满并不会自然消失，而是会形成积怨，如同食物中的微生物一样增长，导致腐败变质，日复一日侵蚀了原有的爱。研究婚姻的学者发现，导致离婚的行为特征中排在第一位的是回避冲突。回避冲突阻碍了问题的浮现和解决，容易导致积怨；但令人感慨的是，许多人之所以回避冲突，正是由于想要维护自己的婚姻。

维护幸福的婚姻，意味着在婚姻的初期阶段耐受幻觉的破灭。在婚姻的不同阶段有效地解决各种问题，显然这需要多重能力。如果试图在其中找到核心方法，那么我会概括为努力学习和积极取向。

学习

弗洛姆（E. Fromm）建议把爱当作一门艺术来学习。“除了给予外，爱还包含了某些基本因素，这些因素是关心、责任感、尊敬和了解。“这些因素也与学习密不可分。就像每一种植物都有它的品性，如果你不了解，就难以照顾好它：绿萝喜欢湿润的土壤和空气，如果晒过多的阳光，就容易叶片发黄；多肉植物大多喜光耐旱，就不适合让它的土壤常保湿润。单凭一腔热情去浇水施肥，只怕会让绝大多数花草凋谢，然后怀疑自己的能力，怀疑你们之间并不合适。因此，不学习就难以用恰当的方式去表达爱，累积的挫败感便会消磨爱意。

我们常常推己及人，用自己喜欢的方式去对待对方。然而伴侣之间存在着许多差异。流行的心理学读物在这些方面给了我们很多提示。首先是两性差异。在《男人来自火星，女人来自金星》等一系列书中，约翰·格雷（John Gray）描述了两性在沟通等方面的不同倾向。如果不了解这些差异，就容易相互误解。例如，在压力之下女性更倾向于倾诉，而男性更倾向于沉默。妻子可能会把丈夫独自承担压力看成是彼此不够亲密的一个标志，而丈夫的本意可能是想保护妻子免受压力的伤害。即使同样是在谈话，男性的谈话更倾向于工具性沟通，指向解决问题的行动力；而女性的谈话则是情感性沟通，目的在于情感上的理解和支持。比如早上起来发现天降大雨，妻子抱怨说："好辛苦，这样的天气还要去上班。"丈夫接口说："那你就不要去上班了，反正挣的钱也不多。"妻子大怒。其实妻子想要的只是几句安慰体贴的话，而丈夫却直接跳到了一劳永逸解决问题的层面。妻子生气的原因既有情感需求没得到回应，也有丈夫的回应让她感到自己的价值被贬低。如果不了解两性在沟通上的差异，即使努力沟通也往往事倍功半。

在另一系列畅销书中，盖瑞·查普曼（Gary Chapman）归纳了爱的五种语言。不同的人主要使用的语言频道不同，分别是肯定的言辞、精心的时刻、接受礼物、服务的行动、身体的接触。一位丈夫用服务的行动作为他爱的表达方式。在繁忙的工作之余，买菜、做饭、洗碗、打扫卫生。妻子抱怨丈夫不够爱自己，于是丈夫更努力地服务，干的家务活越来越多，可是这并没有让妻子感到被爱的满足，因为妻子主要的频道是肯定的言辞。一位妻子常给丈夫买很多衣服，因为礼物是她爱的语言频道，但这却不是丈夫的频道。丈夫随手把这些衣服放在一边，并没有马上试试的热情，妻子感到一腔热情被泼了冷水。当丈夫领悟到这是妻子爱的语言，特意准备礼物送给妻子的时候，妻子便会不由得喜极而泣。

在心理学家归纳的这些普遍差异之外，每个人都有自己的特点。可惜每个人都没有自带说明书，让其他人学会如何对待。所以这些属于每个人的独特特点，只能在日常相处中慢慢地摸索总结。在韩国电影《我的野蛮女友》里，最感人的桥段之一是男主角告诉别人自己总结出的十条相处规则："第一，不要打算让她温柔一点；第二，不要给她喝三杯以上，她会打人的……"男主角用心总结的这份关于女主角的"说明书"，是满满的爱的体现。

积极

在理想化的爱情幻觉破灭之后，彼此仍能保持积极的视角至关重要。婚姻满意度包含三个成分：对于双方关系的满意度，对于对方在婚姻中扮演的角色的满意度，对于自己在婚姻中扮演的角色的满意度。而积极的视角意味着：我认为我们的婚姻是幸福的，我对我的爱人作为配偶的表现很满意，我对自己在婚姻中的角色也很满意。在婚姻情境中，就像生活中很多人际关系一样，充满着模糊性。很多行为既可以视为是好意的，也可以视为是无意的，甚至恶意的。对于行为的评价，既可能是积极的，也可能是消极的，这取决于不同的评价标准。积极视角的一个典范是安徒生童话《老头子做事总不会错》里面的那个老太婆。老头子带着一匹马出门去赶集，一路上做了若干次显然吃亏的交易，把马换成了牛，牛换成了羊，羊换成了鹅，鹅换成了鸡，最后换了一袋子苹果。但是当老头子回家向老太婆讲述他的每一桩交易时，老太婆总是欢喜赞叹，赞叹老头子的能力（“你想得真周到！”），赞叹老头子对自己的体贴（“你老是想种种办法来使我快乐！”），赞叹老头子行为的结果（“这真是一桩最好的交易！”）。故事中老太婆如此的反应，最终让老头子赢了一大笔赌注。对此安徒生总结道："如果一个太太相信自己丈夫是世上最聪明的人，并承认他所做的事总是对的，她一定会得到好处。"故事虽然超乎寻常，最后归纳的这一点道理却符合心理学原理。皮格马利翁效应告诉我们，当你确信对方积极的特质的时候，就更有可能激发他的这些积极特点。就像自我感觉良好是心理健康者的特点一样，积极的取向让人对婚姻感觉良好：心理健康的人会轻微高估自己的优点，但并不会严重地偏离现实情况。在幸福的婚姻里，也需要这一点点夸大，同时又不是过于美化现实。

卡尔·罗杰斯说："爱是深深的理解与接纳。"若能通过不辍学习而理解，通过积极看待而接纳，那么不可控的激情与幻觉之爱会被更有意识、更深刻的爱所替代，这或许是让美好婚姻保鲜的配方。

Part 2

为母则强

这部剧最重要的一点，是试图讲述女性成为母亲之后的选择困境——为孩子，为家庭。女性的牺牲是如此理所当然，却没有人会苛责一个父亲疏于管理孩子，因为他们承担了赚钱养家的职责。但现代社会，多少女性成为母亲之后，一方面和男性一样赚钱养家，另一方面教育孩子的事情也不能疏忽？

生育之苦与乐

丘濂

她觉得这个孩子很“仁义”。要知道，如果他继续生长，每时每刻都有将子宫伤口撕裂的危险，那会危及她的生命。而且如果他继续长大，并且完全健康，作为母亲Rachel也会非常纠结要不要做手术去流掉。但他就在那一刻选择了停止自己的生命。

瘢痕前史

Rachel 2006年结婚就开始准备要孩子，直到2012年7月才生下老大。

那是六年漫长求子路的结果。她的内分泌系统有问题，先是甲减（甲状腺功能减退症），同时还有多囊卵巢综合征。甲减不但不容易受孕，而且一旦怀孕流产率很高，生出的孩子还可能会有智力问题，所以医生告诉她一定要及早治疗。甲状腺疾病的治疗需要周期。结果一段时间后她又成了甲亢（甲状腺功能亢进症），还要调整用药和剂量。

那种感觉就像是给一个遥远的人写了封长信，很久之后终于有了一个回音。又赶紧写第二封信发出去，然后再次陷入漫长的等待。

多囊卵巢综合征是影响怀孕更麻烦的病症。它的表现是月经稀发，没有成熟的卵泡发育，无法正常排卵。Rachel使用了促排卵的药物，并且隔天去医院监测排卵，但还是不能受孕——医生告诉她“今晚”会排卵可以同房，下次再去查，发现卵泡已经没有了。究竟是排完卵了，还是卵泡又萎缩了，谁也说不好。总之就是怀不上。

Rachel来到北京市的一家医院，这儿的医生可做卵巢穿孔手术——是治疗多囊卵巢的微创手术。它的原理是通过外界刺激，使卵巢重新发育，以恢复排卵。手术中医生还为Rachel做了左侧输卵管的疏通。她的右侧输卵管是好的，左侧有些梗阻，但疏通完功能仍旧不好。

但手术后她的月经就正常了，据说之后的半年是最佳受孕期。2011年1月，公司体检做B超，她顺便让医生帮她看看有没有成熟卵泡。医生说右侧有一个挺大的卵泡，她一听很兴奋，之前监测，左侧都是长大十七八天才能排卵，可现在才十三天。于是她和先生抓紧“做了功课”。

当月没有按时来月经。Rachel用了三种不同牌子的试纸来测，都显示出粉色。当时她抱住先生一阵乱号，但先生把她的狂喜给压住了，提醒她试纸未必准确，还是要以抽血为准——奇迹来得太突然，他们都不敢相信。她记得那天晚上做了一个梦：她摔倒在一群小蛇身上，还被其中一条蛇咬到屁股。这就是所谓的“胎梦”吧！

第二天到医院，上午抽血，下午便接到电话，证实她的确怀孕了。她太高兴了，马上就在常年“混迹”的求子论坛上发了很长的帖子，感叹一番。孩子的小名都想好了，叫作“笑笑”，希望孩子能够分享到她的喜悦。接下来的功课就是卧床、注射黄体酮，不惜一切来保胎。

最后这个孩子还是没保住。在第七周孕检的时候，听不见孩子的心跳了。心跳这个东西就是，有的孩子可能晚些时候才能听到，但是一旦听到后又消失了，就说明孩子保不住了。她在日记里写道：“宝贝加油，妈妈相信你！下周妈妈再去复查一定要争气啊！我们一起努力！”但她心里知道，这个结果不可能逆转了。

那次胎停让她彻底绝望。从 2011 年开始折腾，该试的都试了。她和先生的感情也因此受到了影响——一方面来自他老家的压力，另一方面他总是不能够满意 Rachel 在治病上的努力。他是个无比细致的人，认为看这个病一定要多听医生的意见，这个平台求医不行，就换另一个。但通常的状况是，Rachel 从医院回来，和他复述就诊经过，他认为 Rachel 又遗漏了某些问题。

他不能明白 Rachel 整天跑医院的那些苦衷：一些大医院的妇科根本没有隐私可言，医生问哪天同房，旁边得有 8 个人在听着；就连张开双腿躺在检查床上，旁边都有围观的。求医过程中的不快就一点一点积郁在心中。Rachel 觉得这个事情就到此为止吧，也和老公去想象没有孩子的人生。那几个月里她最好的闺密生了个儿子，她便认作干儿子，算是有了个寄托。

求子论坛里的人都说：对于怀孕这件事，精神放松很重要。可想想看，如果没有完全的绝望，就不会有绝对的放松。2011 年 11 月 6 日，香山红叶节的最后一天，Rachel 和先生去爬山，一路都觉得累，没有登顶。回家用了试纸，居然看到了淡淡的红印。她心里默默感恩：宝贝你终于又回来了。

老大是得来不易的“珍贵儿”，自然生产的过程不能有任何一点闪失。当时她在一家私立医院建档，生产的时候特地花了 7000 多元钱，指定了一位已经 70 多岁的、从三甲医院过来做兼职的教授来为她做手术。那位老大夫很强调自然分娩，但她的情况是漏斗形骨盆出口为 7.2 厘米，孩子的双顶径是 6.1 厘米。“生三天都生不出来，再拉去剖的就是你这样的！”老大夫说。于是她和先生决定了直接剖宫产。

一场“惊心动魄”的手术

Rachel 和先生本来就希望能有不止一个孩子。剖宫产手术前也了解到一些对之后生育的不利影响。可是没有办法，只能先保住第一个孩子。同时，他们还是为未来再生育做了准备，比如额外买了一种在缝合过程中贴在脂肪层创伤处的胶布，这样就能有效防止粘连，下一次剖宫产会容易些。

老大 1 岁多的时候，Rachel 就开始尝试怀老二。之前那个卵巢穿孔手术的副作用是卵巢早衰。她担心要是不赶紧生孩子，卵巢就该挂掉了。

这一次怀上的过程还算顺利。她的计划是在家门口的另外一家私立医院先做着产检，等能听见胎心的时候再转到生老大的医院去建档。第一次照 B 超的时候，超声提示胎囊着床的地方离瘢痕处较近，有 1.5 厘米。在她印象里医生也没有格外关注这点，毕竟胎囊成长是一个变化发展的过程，也可能会越长越远。剖宫产瘢痕妊娠的疾病她在论坛上看见过，但是没有在意，也不觉得会发生在自己身上。

第 7 周的时候她听见了胎心波动；第 8 周的时候，在生老大的医院第一次做 B 超，医生再次提示胎囊离瘢痕处近；等到第 9 周再去，心跳又消失了。

Rachel 后来了解到，正是因为胎囊落在瘢痕附近导致了供血不足，所以发生了胎停。她心里特别难受——那种难受和第一次又不一样，是一种悲伤和感激交织在一起的心情。她觉得这个孩子很“仁义”。要知道，如果他继续生长，每时每刻都有将子宫伤口撕裂的危险，那会危及她的生命。而且如果他继续长大，并且完全健康，作为母亲 Rachel 也会非常纠结要不要做手术去流掉。但他就在那一刻选择了停止自己的生命。

于是 Rachel 从产科转到了妇科，又要做清宫流产手术。这套流程她已经很熟悉了。那天，她正麻木地遵循着程序做术前检查，负责流产手术的大夫突然急急忙忙跑过来，对她说：“你这个情况得赶紧去北京协和医院，胎囊离刀口太近了，万一流产手术中出现大出血，这里没有设备和能力处理。”

Rachel 这才认真了解了剖宫产瘢痕妊娠，网上浏览一番，被吓得不轻，当天赶紧就跑到北京协和医院去挂特需的号源。那里的 B 超大夫为她重新做了检查，胎囊距离刀口 0.7 厘米。大夫安慰她，她的病情不算瘢痕妊娠里最严重的，但因为已经是“死胎”了，还是要抓紧手术。问题是北京协和医院根本没有床位，大夫让她回家等消息。

两天后的清晨，她突然见红了，赶紧慌慌张张跑去北京协和医院的急诊。结果处理完了还是不能收，继续回家等床位。她的先生赶紧四处找关系，最后在特需找到一张床。和医生定好了第二天手术，但是第二天上午才能进病房做准备，因为她前面那位病人当天早上才能出院——床位就是紧张成这样。

手术前一天要签协议。一听到“大出血”“切除子宫”这样描述最坏后果的词，Rachel就脑子发蒙，后来干脆一个人走到窗边，看着东单商业街的车水马龙发呆，然后让她先生来和医生谈。她性格还是比较坚强的，之前上过两次手术台，都没有这次这么紧张。想想看，还是有了老大的缘故。老大才2岁，她要是有个闪失，谁来照顾孩子呢？那天晚上她抱着老大待了好久，贴着他软软香香的脸蛋儿，心想着他再调皮她也不骂他了。她甚至还把之前买的人寿保险单找了出来，告诉先生如果人没了应该怎么去领赔偿。“可不许给孩子找后妈啊！”她郑重其事地叮嘱他。

手术当天，她的母亲和先生一起在病房陪她。她还责怪先生为什么不在门诊把手术做了，要住这么贵的病房。他们没有告诉她手术背后更大的风险。换衣服、备皮、输葡萄糖……她从来没有这么留恋过世界。护士把她往手术室推的时候，她一直扭着脸看着他们，直到视线被门挡住。

手术很成功。子宫动脉栓塞设备没有用上，并没有发生意外大出血。这种剖宫产瘢痕妊娠的手术对于北京协和医院来讲，操作已经相当娴熟了。医生过来征求出院时间，傍晚他们就办了出院手续，给下个病人腾地方。回想起在手术前的种种想法，她觉得真是太好笑也太𡲴了。可事实就是这样，有个美好的小生命让人惦记着，人就变得懦弱了，特别惧怕死亡。

养孩子的艺术

在得知自己是剖宫产瘢痕妊娠后，她就埋怨自己，为什么非要跟自己过不去生老二呢？可是等到手术的小月子过去，她和先生商量，认为还是两个孩子好。为了能多要一个孩子，她愿意再冒一次险。

她生于 1980 年，上面还有个比她大 6 岁的哥哥。她第一次意识到两个孩子的重要性是在她的父亲突然脑梗的时候。那会儿她的老大才十五个月，还没有断奶。要不是有哥哥一起分担着照看父亲，她真是感到分身乏术。2016 年她哥哥 40 岁出头就犯了心梗，住在医院 ICU 里，医院下达了几次病危通知书。这样的情形，有两个孩子总归对父母是个慰藉。

她认为，她和哥哥的关系一般，这其实是源自小时候父母偏爱她的缘故。她生下来不久，哥哥就被送到爷爷奶奶那里去了。美其名曰是户口改到北京西城区能上个好学校，其实就是父母没精力管他了。父亲的叔伯兄弟那边生的全部都是男孩，她这个女孩反倒显得珍贵了。哥哥每周末从西城区回到丰台区的家里，想吃点好吃的，父母就吼他：“那是留给妹妹的，你别动。”她哥给她起了个外号，叫“偏心眼”。

所以她在自己的孩子身上尤其注意老大和老二之间表达关爱的平衡。这次发现怀孕她第一时间告诉了老大。她说："妈妈要送给你一件礼物，你是想要个弟弟还是妹妹？"他很开心，说："想要一个弟弟，一个妹妹。"4 岁的孩子已经开始体会社交的乐趣，他更喜欢邀请同龄的小伙伴来家里玩，而不是和父母一起玩，所以他同样渴望能有个手足。两个孩子共同成长，他们在人际互动、学会分享等方面就能做得更好。

老二是女儿，几个月大的妹妹软软糯糯特别乖巧，和调皮捣蛋的哥哥形成对比。她总是提醒自己不要因此忽略了老大的感受，尤其是在这个已经明白事理的年纪，他需要更多的陪伴。新年的时候，她和先生专门送给老大一份礼物，奖励他去年最大的进步，就是成长为一位哥哥。这样正面的肯定，要比"哥哥你得让着妹妹啊"这种教训，更能让他明白哥哥角色的重要性。

尽管哥哥和妹妹还玩不到一起，但他们现在的关系融洽得很。哥哥喜欢逗妹妹，摸摸头呀，拽下胳膊呀，眼里透露出的都是满满的爱意。她和先生还担心老大下手没轻没重，其实老二没那么脆弱，常被哥哥逗得咯咯笑。不久前，妹妹呼吸道感染需要做雾化治疗，可是她不愿意张嘴。哥哥就主动拿着小鼓在旁边"咚咚咚"地敲着吸引妹妹，妹妹很自然地就配合了。看到这一幕，她和她的先生都觉得欣慰。

在她的童年里，她感觉最欠缺的就是沟通。即使她是在父母身边长大的，但父母除了在工厂上班外就是打麻将、跳交谊舞、看电视剧，很少过问她的内心世界。当年她初中毕业虽然成绩不错，但执意要上职高，就是想早点进入社会去看世界——家庭让她感到孤独和无聊。

她现在和老大天天晚上都要在一起“开会”，分享今天最开心的事情。她会跟他说：“今天我签了一个大客户。”然后和他解释什么叫“客户”，他会耐心聆听。有天晚上她出门了，没有按时回来。老大就打电话给她：“妈妈我要睡了，不能等你啦。那么能告诉我今天你最开心的事儿吗？”她和儿子的关系更像是无话不谈的朋友。

在生育方面是女性付出的更多，就像四次上手术台的都是她，但在养育方面是需要夫妻双方共同承担责任。她和先生的性格、特长截然不同。他的职业是人力资源管理，喜欢当领导、做计划，可要是让他把计划填满，细节执行能力又不行，但这是 Rachel 的强项。她的工作与财务相关，日常离不开 Excel 表格，所以能看到表格计划在她家日常的方方面面。孩子出门前有一个携带物品的检查表，家庭外出旅行有行程表，孩子每天有学习计划，每年有年度目标，她会用一种条理化的方式管理生活。

带孩子很辛苦，也有所牺牲，但他们更享受其中的乐趣和收获。她原来是个工作狂，恨不得住在办公室，上司催她回家她都不愿意回。但现在她肯定按时下班，所有时间都扑在孩子身上，如果要加班也是把孩子哄睡后再打开电脑。她的上司也是位女性，三个孩子的妈，孩子的所有生活安排都交给了保姆和司机来打理。但 Rachel 想的不一样，她认为陪伴孩子最重要，母亲的角色不能被代替。

Rachel 和先生都有一个共同的观点：孩子就是他们另外一个自己，他们要和孩子一同成长。大人要求孩子，自己首先就要做好。爱孩子，就是用更好的自己去成就更好的他们。

我的职业是全职妈妈

徐菁菁

“孩子成了我生活中最重要的寄托，我成为全职妈妈的这个选择正确与否，我是否是个成功的全职妈妈，全都由他的表现决定，他就是我的业绩，所以我在意他的一切不完美。”Inès后来反省自己，“其实我对孩子的不满意，是我对自己现阶段没有工作、得不到社会认可的状态的不满意。我的那些情绪不能对别人发泄，却可以对孩子发泄，因为他最弱小。事实上，每个人最终都得对自己的人生负责。孩子再优秀，你也只能在某些场合臭屁一下而已，这能解决你的空虚吗？”

“三年之痒”

2019年5月11日中午，母亲节的前一天，我到北京顺义福尼亚剧院参加“国际女主人节”。这场面对国际社区妈妈们的活动主题为“全职妈妈再出发”，重头戏是两场“轻戏剧”表演，都是由全职妈妈们自编自导自演的。来到这里，我有两个好奇。

一是基于一个事实：根据国际劳工组织的数据，近些年，尽管中国女性受教育比例不断上升，但中国女性的就业率却从2000年的68.2%下滑至2017年的58.9%，这意味着有更多女性最终回到了家庭。在全面二孩的政策背景下，这一数字还可能继续下滑。由某招聘网站发布的《2017职场妈妈生存状况报告》显示，21.7% 的职场女性有做全职妈妈的未来规划。

第二个好奇是基于我眼前的这个全职妈妈群体的特殊性。北京顺义后沙峪一带是北京著名的别墅区，这里聚集的是中国富裕的全职妈妈群体，套用剧本里的一句台词："我还以为你们是中国最幸福的女人呢。"她们也会有普通全职母亲的辛酸和焦虑吗？

戏剧开演前，准备了一中午的全职妈妈们决定快速解决一顿午饭。Inès 拒绝了伙伴们让她吃一块三明治的建议。"我出门前只敢啃两只我妈煮的鸡爪，这三明治下肚，还怎么在台上演小蛮腰？"

Inès 在戏里饰演一个叫赵小梅的角色。赵小梅曾经梦想当畅销书作家，数十年如一日保持着小蛮腰。她和身在职场的闺密一起逛街买衣服，人家买五套，上班一天换一套，她想着自己做全职妈妈全年无休，跟着买了七套。可是回到家，鞋还没脱就后悔了："我啥场合穿？难不成穿着香奈儿去买菜？"她去银行办卡，在"职业"一栏谦虚地填了"家庭主妇"。柜台小姐笑了，用笔重重地画去，改成"无业"，让她在旁边签字确认，承认她犯了错。"我们是中国最精神分裂的女人，"赵小梅有这么一句经典台词，"一面佯装幸福，一面绝望。"Inès 和剧本里的赵小梅一样快人快语，台词一从她嘴里爽脆地抛出来，台下就笑作一团。

几个月前，“国际女主人节”的主办人 Vida 找到陶太，希望她执笔写一个剧本。陶太已经做了九年的全职妈妈，正在筹划重新回到职场。初稿写得很快。“那些台词百分之七八十是我跟我的朋友们生活中的原话。”剧本里，全职妈妈们正在经历一场深刻的迷茫，“大家觉得前途一片漆黑，不知道自己是谁，要去干嘛，要到哪儿去。”那正是陶太几年前“特别刻骨铭心”的状态。

陶太是在大女儿 4 岁那年回家的。父母年岁渐大，已经无法承担看护孩子的工作。陶太那时在一家媒体做编辑，为了工作和孩子两全，常常只能牺牲自己的睡眠，深夜里“点灯熬油式地熬”。有一次，她觉得自己再也熬不下去了。“女儿犯了哮喘。凌晨 4 点半，我开车去医院挂号，随身带着笔记本电脑和小马扎。我就坐在排号队伍里，敲着字编着稿子，别人往前挪一点，我也往前挪一点。”终于排到窗口，当天的号正好挂完。陶太当场号啕大哭。抹完眼泪，第一件事是把稿子编完，赶紧发走。

陶太原本以为辞职回家只是一段过渡期，没想到这一口气就“歇了九年”。说是“歇”，其实不然。全职妈妈是一个厨娘加保姆、司机加陪练、教师加秘书的混合岗位，而且是七天二十四小时工作，没有周末，没有假期，看不到头。几年前《爱乐之城》上映的时候，陶太想去看场电影，怎么都抽不出两小时。

那时，大女儿已经进入青春期，特别敏感。小女儿 2 岁，刚进入幼儿反叛期，已会大声说“不要不要”，一言不合，马上躺倒在地上。这个淘气的孩子创下了一个月看医生的纪录：一次是她悄悄翻出了姐姐的手工材料袋，鼻子里塞进去一颗小珠子；陶太惊魂未定，两天后又发现她磕伤了门牙；接着孩子大哭大闹，肚子痛、发烧、上吐下泻，不得不去看儿科急诊。

陶太通常早上 5 点多醒来，有时夜里 12 点还没有坐下来喘口气，孩子生病的时候更严重，只能整宿地抱着孩子坐着。“累还在其次，最难受的是，我没有属于自己的时间，鲜有坐下来一个人发会儿呆的工夫。”

某个周一，面对周末热闹过后乱糟糟的家，陶太又疲乏又沮丧，觉得自己撑不下去了。“我需要一个人的假期，哪怕是以小时计。”她鼓起勇气要求先生早点回来，让她去看那场《爱乐之城》。大银幕上，男主角问道：“Do you have a dream？”（你有梦想吗？）黑暗中捧着爆米花、吃着哈根达斯犒劳自己的陶太觉得每个词都敲进了自己心里。

陶太生于20世纪70年代，自言是在“妇女能顶半边天”这种观念下长大的一代女性，一路读书求学，勤恳工作，从未想过有一天会成为全职妈妈。辞职回家的事，陶太心虚地瞒了母亲多年。2015年，二孩政策还没放开，夫妻俩觉得时间不等人，决定去美国生孩子。陶太给母亲打电话，说她会在美国待半年。母亲问：那么长时间，你领导同意了吗？陶太鼓起勇气，说自己辞职了，但还是隐瞒了已经辞职五年的事实。母亲嘴上没说什么，但老人家不满意的气场还是从电话那头紧逼了过来。

参加同学聚会的时候，每个人都会有个把头衔，不是高级职称就是业界资深人士。“那个时候你会发现，除了是个妈妈，你几乎什么也不是。有一段时间我特别不愿意参加同学聚会，因为我觉得我跟他们就好像是两个世界的人，他们谈论的那些东西我不是不感兴趣，可是我插不上话。”还有一段时间，陶太发现，自己这个曾经的媒体人，如今整天和孩子们打交道，似乎连说话能力都退化了。“一张嘴就觉得自己怎么这么肤浅。”

在家里，陶太也觉得自己低先生一等。“眼前这个人，不仅是你的伴侣，他也是你的饭碗，当你知道他是你的衣食父母的时候，你的态度是完全不一样的。”刚结婚的时候，她向先生坦白自己没有积蓄，为了践行自力更生的独立女性价值观，她主动提出家用 AA 制。可做了全职妈妈，半边天变成了伸手族，她心里纠结得不得了，买件稍微贵点的衣服，心里就有满满的“负罪感”。

后来她发现，周围的全职妈妈都“报虚账”“做假预算”。譬如买菜的预算是按照超市标准制定的，但坚持去早市买菜，只买时令菜。再譬如同学聚会 AA 制时，一定热情付账，刷卡买单，而后收取现金，称为“套现”。还有人会悄悄地在每月的家庭开销里扣下一笔，当然，前提是数量不至于大到引起先生注意。而这一切只不过是为了维系自己的自尊心，攒下一笔可供自己自由支配的钱。

有朋友告诉陶太，她的目标是攒出一笔自己的养老金，将来老了，不至于给孙子买颗糖都得向先生和孩子伸手。如果实在无法节流，就想办法开源，陶太常常前脚把先生孩子送出门，后脚就扑到电脑前挣点兼职码字的钱，估摸着先生快回家了，便开始小跑着扫地叠被，预备一家人的餐食，“角色转变之迅速，比电视遥控器还灵敏”。

陶太说，她观察，在中国从一个甜蜜的全职主妇变成一个崩溃的绝望主妇，大约需要三年。这恰好是一个孩子度过婴幼儿时期可以交托到幼儿园的起始阶段，也是一个全职妈妈内耗到弹尽粮绝的极限。“三年之痒”的原因五花八门，有些是因为家庭经济的压力，有些是厌倦了看不见尽头完全没有奖赏的琐碎家务，有些则纯粹因为伴侣不能够认同这份付出，“回家”变成了“失败”的代名词。

陶太的家庭没有顺义妈妈们那么富足，但那种个人价值感缺失的不安全感是全职妈妈们共有的。

香港妈妈 Estella 是“国际女主人节”另一场“轻戏剧”的编剧兼导演。在陶太眼里，Estella 是个异类，她永远热情澎湃，活力四射，陶太剧本里写的那些悲观自怜，好像在她身上都看不见。

可是 Estella 告诉我，接受全职妈妈这个身份，她花了很长时间。十多年前，35 岁的 Estella 做了个决定：结婚，和丈夫移居到北京。38 岁时，她速战速决生下两个孩子。休完产假，她把孩子们交给保姆，回到职场。可是圣诞节的时候，她发现孩子把小区大厅圣诞树上的圣诞球拿回了家。“这是公共用品，怎么能这样做？”还有一次，保姆让孩子在小区公共场合随地大小便。“生下小孩子就可以不管了吗？我怎么能够允许我的孩子不按照我所认为的基本规范去成长？”

现在看起来，回家照顾孩子是顺理成章的事，但只有 Estella 知道自己接受这个选择有多难。来北京以前，她在香港一家大公司的客户服务部做部门经理。离职的时候，她一层楼一层楼地去和同事们告别。“我好爱工作啊，舍不得，坐在别人办公室里哭，走都走不动。”回想起十多年前，她还是忍不住在我面前抹起了眼泪。

Inès 曾在加拿大做税务审计工作，回国后，她的公司税专业完全派不上用场，职场经验重新归零。那时候，年纪逼人，要孩子是当务之急。“吃药，看医生，每天早晨睁眼第一件事是量体温，画温度曲线，整个人的精力都耗在了上面。等孩子终于生下来，更没有时间筹划就业了。”

孩子小的时候，黏在母亲身上，日子就这样一天一天地过去。几年之后，孩子渐渐长大，Inès 觉得自己不太对劲了。“说起来特别矫情，我每天吃得饱穿得暖，想买什么也买得起，可我看什么都不顺眼，觉得全世界都欠了我。幸不幸福是种精神状态，和外界条件其实没多大关系。小时候看哲学家要追问‘我是谁’，我只觉得好假，可是到一定的年龄，我也开始问自己：我是谁？我什么也不是！别人一到年底公司发奖金，开年会，我连个组织都没有，那种失落感你知道吗？”

Inès 发现，自己变成了一个“法西斯”妈妈：孩子是别人眼里的学霸，但她甚至可以为一些小事对孩子说出“你真像猪一样”这么难听的话。先生屡次批评她，说她把自己的坏情绪倾倒在孩子身上，但 Inès 并不觉得。直到有一次，她被学校老师找去约谈。老师说，孩子在学校里当小组长，需要督促同学完成作业。老师模仿孩子催促同伴时的一言一行，Inès 一下子羞愧难当，“我就像是在照镜子。”

“孩子成了我生活中最重要的寄托，我成为全职妈妈的这个选择正确与否，我是否是个成功的全职妈妈，全都由他的表现决定，他就是我的业绩，所以我在意他的一切不完美。”Inès 后来反省自己，“其实我对孩子的不满意，是我对自己现阶段没有工作、得不到社会认可的状态的不满意。我的那些情绪不能对别人发泄，却可以对孩子发泄，因为他最弱小。事实上，每个人最终都得对自己的人生负责。孩子再优秀，你也只能在某些场合臭屁一下而已，这能解决你的空虚吗？”

“活着总要有活着的样子”

在去剧场的路上，汽车在别墅区之间穿行，导航给我导上一条破碎的道路，一地的石块震得人颠了起来。坐在我旁边的陶太感叹起来：“从中央别墅区一下子到了城乡接合部，中国的全职妈妈群体就像这样。”

陶太记得，孩子刚上幼儿园的时候，全班只有她一个全职妈妈；等孩子从幼儿园毕业，三分之一孩子的妈妈都已经辞职回归家庭。可是，回到家里，“全职妈妈如何能更好地生活？父母一辈没有给出可供学习的榜样，我们周围也鲜有可资借鉴的模范，只能是自己摸索——不断地否定自己，又不断地给自己鼓劲，因为觉得活着总要有活着的样子”。“成仙还是成魔，全靠自己修行。”

在最低落的时刻，一个教育公众号找到陶太，问她愿不愿写专栏，主题就是全职妈妈生活里的鸡零狗碎。写作成了陶太自我疗愈的方式，当她把烦恼记录下来，分享出去，还有了一笔小小收入的时候，她觉得自己好多了。她督促自己忙里“抢”闲，咂摸生活里一丝一毫属于自己的乐趣。

她越来越喜欢清早送孩子去上学，因为回程只有她一个人。她什么也不干，只是顺着熟悉的路开车，绝不变道，放松地听听天气预报。她甚至试过徒步回家，路过那个黑暗的涵洞桥，看见桥底有人涂鸦示爱，五彩缤纷又寂寞无比。她说：“这些孤独的自由，都是我奋斗来的人生礼物。”

在顺义，全职妈妈人数众多，她们彼此扶持，有自己的圈子。社区里有很多活动，也给妈妈们提供了施展才华的平台。Estella 是孩子学校家长委员会的超活跃分子。Vida 说，Estella“屁股有针”，停不下来。别人加入家长委员会是为了孩子，她是为了自己。

“我就是喜欢和人打交道，在里面做各种各样的事情，我才知道自己还能学会那么多东西。”Estella 又说，“我的工作多得忙不过来，只不过，以前赚钱，现在是义工。”Inès 和一些妈妈组织在一起，去学校图书馆给孩子们义务上“生命教育”的读书课。每次上课之前，妈妈们都会凑在一起备课，从书里的故事谈到孩子，谈到个人生活。“那些故事也会让你反思自己，而且你会发现大家有共同的焦虑，你也就不那么焦虑了。”Inès 还找时间去考了一个对外汉语教师证书。“我看世界看得更辽阔一点，我的孩子才能看得远。”

还有的妈妈决定勇敢地回到职场。Lixin 在《全职太太九千岁》里扮演一位两个孩子的母亲秦明月。“我家老大前两天写作文，题目叫‘我最尊敬的人’。”她在台上说道，“我问她为啥不写自己的妈妈？熊孩子回答，老师说了，要尊敬事业成功的人，为工作废寝忘食的人，你为了家庭把工作辞了，不符合标准。”

和秦明月一样，Lixin 也是两个孩子的母亲。她的第一个孩子出生在芬兰，那时，她从来没有考虑过辞职回家。芬兰为新手父母提供了种类繁多的假期，母亲产假大概有四个月时间，在那以后，有六个月的父母假。父母假是允许在家庭内部自由分配的，如果妈妈想要重返职场，父母假可以由爸爸来休，也可以两人各休一部分。这就保证了孩子在十个月以前总是有人能够照顾。在这期间，所有休假都有补贴，相当于上一年收入的 70%。如果在这之后，妈妈决定回去工作，孩子可以送往日托中心。妈妈也可以选择在家一直陪孩子到 3 岁，不必担心被供职机构辞退。此外，芬兰还有总计九周左右的爸爸假，这个假期在孩子 2 岁前都有效。令 Lixin 印象特别深刻的是，重新工作以后，她每个月还能有一至三天的机动假期，用来应付孩子生病这样的突发状况。

第二个孩子出生前，Lixin 一家回到国内。她原本想把生二孩当作一个三年缓冲，如果还是决定回芬兰生活，她可以继续回公司上班；如果决定留在国内，那她就再找一份工作。最终，一家人决定留在国内发展。孩子刚上幼儿园的时候，渴望重新回到职场的 Lixin 就立刻着手找工作。

没想到，手握一份不错的外企工作履历，新工作却找得如此艰辛。她发现，很多工作不要 35 岁以上的女性。开始的一段时间，投出去的简历都石沉大海。后来，偶尔有一些机会参加面试，Lixin 根本没资本和年轻人竞争，“他们可以周末上班，可以‘996’，我得照顾孩子，我不能。”有一次她进了一家企业的“终面”，竞争对手是一名男青年。外籍面试官问她：你有几个孩子？ Lixin 心里想：在你自己的国家，你根本无权在面试时询问这样的隐私。她常常回忆起那次面试，尽管她知道，对方没有选择她的原因有无数种可能，但她还是忍不住揣测，这一切只是因为她是个全职母亲。

在顺义福尼亚剧场，音乐声起，秦明月说出了《全职太太九千岁》里最煽情的一段台词："中年全职太太好像永远也没有属于自己的场合了。我们是谁呢？我们什么也不是，我们没有单位，没有职称，没有职务，没有青春，而且也没有属于自己的前程了。不怕你们笑话，有时我会突然冲出家门，走到地铁站，从起点坐到终点，再坐回来，脑子里一片空白……没人的时候，我会在地库里突然崩溃，一个人坐在车里哗哗流眼泪，我觉得我的一生都浪费了。我确定我不是神经过敏。"

Lixin 干过和秦明月同样的事。有一阵她放弃了找工作这件事，不愿再让挫折感践踏自己的信心。有一次，她上了一辆公交车，坐了很远，然后又坐回来。"我就是想让自己的头脑一片空白，不用去想孩子，想先生，想这个家里的一切，也不用再去想找工作。公交车里的那个时间是完全属于我的，在那个空间里，虽然周围的人很吵，但都和我无关。"

最终，再多的拒绝和失望都无法熄灭 Lixin 回到职场的渴望。她去芬兰语学校兼职，也去博物馆做志愿者。后来，她决定把履历抛到一边，放弃对工作的偏好，抓住一切机会。于是，她去做了保险推销员。这份工作和她的性格很不搭，“但是门槛低，时间灵活，能逼着我打开自己的圈子，见不同的人，推销自己”。不久前，在辞职回家七年后，Lixin 终于在一家商会找到了一份适合她的工作。“《全职太太九千岁》的海报上有句话，我特别有感触，”她念道，“当我们决定再出发的那一刻起，世界就已经透进了一线光。”

“全职妈妈也是一种成长”

在接触这些全职妈妈的时候，我发现一个有趣的问题。20 世纪 50 年代，著名女权主义者贝蒂·弗里丹（Betty Friedan）写过一本书叫《女性的奥秘》（*The Feminine Mystique*）。她窥探到美国郊区富裕“家庭主妇”的境遇：她们的“无名”、孤独以及自我迷失。听起来，这和顺义国际社区妈妈们的困惑多么相似。但本质不同在于：在贝蒂·弗里丹的年代，一个受过良好教育的美国女性回到家中是社会的普遍期待，全职主妇的价值是被认可的，她们会“在调查表上颇为骄傲地写上，‘职业：家庭主妇’”。对于我采访的妈妈们而言，在她们接受的教育里，“全职主妇”这四个字本身就天然地低人一等，是难以被接纳的身份。而跨越时光和国度，两个全职妈妈群体的焦虑居然是共通的。仔细想来，这并不奇怪：她们面临的共同问题是，女性的角色和价值被赋予了一元化的期待，凌驾在了个人的内心选择之上。今天全职妈妈是否只能通过家庭之外的场所，或者重回职场，才能获得自我接纳？

孩子上了幼儿园以后，有一个工作机会放在了全职妈妈包丽敏面前，“年薪诱人，比我之前的任何一份工作都多得多。”但考虑了一阵，她还是谢绝了。家里的经济状况并非好到不需要这份工作，但除了担心影响带孩子，更重要的原因是，包丽敏发现，她对这份工作的内容无法提起兴趣。“我的人生观、世界观，已经彻底改变了。”

孩子出生前，包丽敏在一家著名媒体担任特稿记者。那时候，她关心的是国家大事、制度变革，根本无法理解有了孩子的朋友们一天到晚讨论孩子的吃喝拉撒。“当时的感觉就是，一养孩子，个人的自由就完全让渡，完蛋了。”可没想到，孩子就像是一把钥匙，忽然打开了她心里的一个房间，这是她过去从没意识到的力量无比强大的神秘角落。

孩子 1 岁半的时候，包丽敏发现孩子成长很快，自己因忙于工作，开始和孩子的成长脱节。“(孩子) 1 岁 5 个月大的时候，我在房间里工作，他自己进来找我。我和他打招呼，走过去靠近他，可他居然往后退，靠到墙上，还有点不好意思。这个小孩，你觉得自己看不懂他了。你不知道在他的世界到底发生了什么变化。”

包丽敏读过很多育儿书，她知道母亲的陪伴对于年幼孩子的价值，很快，她就做出了辞职的决定。“其实早五年，我的心思可能还在追逐事业的成就感上，我会想要个更好的职位，想写出更好的新闻作品，希望获得更多的来自外界的赞同和认可。可等我到了36岁准备怀孕、37岁生孩子的时候，我对这方面的渴望已经无法和对孩子的爱相抗衡了。”

让她没有想到的是，跟孩子相处这几年，她感受到了人生最大的成长。“有的时候，孩子在公共场合哭闹，我本能地想要迅速喝止，但我很快发现，我的焦虑和恐惧阻碍了我去了解孩子当时的内心需求，而我这么做其实并不是怕他会吵到别人，而是恐惧别人认为我这个妈妈当得很糟糕，我养的孩子缺少教养。”“慢慢地，你会看到自己内心一些幽暗的东西，你也会从孩子身上看到自己成长中那些不被允许表达的东西。”

从前做记者，包丽敏觉得自己是个自由主义者，总在呼吁平等，思考实现制度变革、改变社会观念。和孩子相处，她发现自己之前都是纸上谈兵。孩子曾经执着于一件事：每天下午都要坐电梯，从一层到顶层，每一层都要按停，然后要妈妈抱着从楼上走下来。电梯一个单元一个单元地坐过去，一栋楼坐腻了就换一栋楼，刷遍了整个小区，持续了几个月。每天，孩子还要去小区的超市看收银机，他要亲手按下那个键，听到“叮”的一声，收银条从机器里“嗒嗒嗒”地打印出来。还有的时候，他会反反复复爬小区门口的几级台阶，弄得浑身脏兮兮的，或是蹲在大太阳底下，把小石头一粒一粒地扔到井盖的小洞里。“在这些你无法理解的乐趣面前，你的智力完全无处施展。”

为了保护孩子探索的自由，包丽敏一次又一次地和巨大的烦躁感抗衡，忍住不让自己条件反射式地说出“不行”。“平等自由，这些最后都要落实到人与人之间的交往上：你能不能侵犯别人的边界，你能不能守住自己的边界？”包丽敏感慨，“大家势均力敌还好，而你跟你的老板相处，你可能就守不住自己的界限了。和孩子也一样，他最弱小，而且他绝对依赖你，你在他面前就是绝对的权力，比政府还大。”

包丽敏说，她的全职生涯就像大学生的 gap year（间隔年），“大学读到一半，你开始迷茫了，那就什么都别管，去非洲做个志愿者，很可能因为这件事又重新调整人生的方向，发现人生新的面向和维度。”谢绝了工作邀约之后，包丽敏开始写书，把自己养育孩子过程中的体会写下来。她不着急，一天只写几百字，把脑子里的想法反反复复推倒重来。不久前，她的第一本书已经顺利出版。

上海“80后”妈妈顾佩超也和我说，做全职妈妈，是她成长最快的时期。她记得自己刚怀孕的时候，发现有先兆流产的症状，她第一反应不是和先生商量，而是给父母打电话。“当天，我爸妈就提着大包小包出现在我家里，包办了我的衣食住行。现在回想起来，我虽然已经成人、结婚，但内心里还是一个依靠在父母身上的孩子。”第二个孩子出生后，顾佩超辞去了大型国企财务主管的工作，从父母手里彻底接过带孩子的重任，到现在已经五年。“今天孩子突然生病了，早上我给父母打了一个电话，告诉他们不用着急，也不用过来，我一个人能搞定。”

“普罗大众提起全职妈妈，都觉得我们回家就是为了带孩子；经济不独立，依附老公，没有安全感；不上班，接触的人少，易与社会脱节——总而言之，家庭容易有变故。”对于这些刻板印象，顾佩超统统不认同。当年为了带孩子，父母和小家庭住在一起，顾佩超发现一家人都不舒服：丈夫从小独立，和岳父母住在一起，总觉得不自由；父母带孩子，一方面身体辛苦，另一方面精神上也很焦虑，总担心做得不对，被儿女挑剔。“我回家是为了获得更好的家庭生活，而非为了孩子。”父母撤出后，夫妻两人精诚合作。

每天，先生送孩子上学，如果下班早，也会去接孩子放学。他每天都要抽时间陪孩子玩，不必要的应酬坚决不去。两年前，先生到北京工作，但每周五，无论多晚他都会赶晚班飞机回上海，在周末承担起做父亲的责任。

顾佩超觉得，夫妻俩的关系不是更疏远，而是更亲近了。回归家庭以后，顾佩超成了厨艺高手和缝纫高手，但也没有放弃自己的专业。陪孩子写作业的时候，她会看自己的专业书。眼下，一份新的财务工作找到了她。“如今互联网发达，不出门即知天下事，想与社会脱节也是不易。真正容易让全职妈妈走向低谷的，只有懈怠和不进步。”“每个人只能选一条路，我们永远不知道另一条路上的风光和荆棘是什么样的。我也不知道如果我没有放弃工作，没有做全职妈妈，现在的我会是什么样的，会不会是另一番景象。”顾佩超接着说，“我觉得生活没有对错，选择也没有好坏。不管选择什么，内心的富足是最重要的。我们总是记得要努力让自己变得更好，让我们的生活变得更好就对了。”

接触越多的全职妈妈，我越感到，她们的决心、力量，她们对于自我的要求，对生活可能性的追求远远超出了我的想象，我甚至不再愿意用“全职妈妈”这个充满刻板印象的词去界定她们。

“我其实是半职妈妈。”Cecilia 笑着对我说。四年前，她的第一个孩子出生，Cecilia 在一家国际组织工作，产假是三个月。由于有早产迹象，Cecilia 提前一个月住院，孩子两个月的时候她产假就结束了。“我觉得这对孩子来说不公平，对我来说也不公平，我本来就有深度参与育儿的想法，所以干脆辞职回家。”

和许多全职妈妈家庭不一样，Cecilia 的先生在高校工作，收入并不高，她才是家里赚钱的主力军。她算了算这些年攒下的钱，制订了一份详细的开支计划。她自己陪孩子玩，给孩子做早教。她趁着美国“黑色星期五”打折，买好孩子一年的衣服。Cecilia 算过一笔账，2014 年的时候，她可以做到养孩子每个月不超过 500 元钱。夫妻俩调整了自己的生活水平，“以前买草莓一人吃一斤，现在一人吃一口”。从金融白领变成全职妈妈，Cecilia 练就了提着 20 斤菜上楼不歇一口气的功夫。最辛苦的时候，她挺着七八个月的肚子，还带着 1 岁半不停地要和妈妈玩的大宝。但她觉得一切辛苦都没什么可抱怨的。“既然想好了最重要的是陪伴孩子，我就没有想象生活应该是什么样，它现实是什么样子就是什么样子，有多少钱做多少事，有了问题解决就好。”

2017 年，先生到美国当了半年访问学者，Cecilia 带着两个孩子一块儿去了。那半年，家里的开销变大，积蓄花光了。

“回到国内，孩子吃了两个月苹果，因为苹果最便宜，当时是3元钱一斤。”Cecilia决定改变状况。她找到读研究生时的导师，接下了许多课题研究的任务。在美国，她学了正面管教课程，全职回家后也一直在网络上写育儿科普类文章。她找到几家育儿公众号和杂志社，要求他们给自己尽可能多的撰稿机会。“那时候常常写到夜里两三点，甚至三四点，每天只睡五六个小时。”后来，Cecilia开始接到一些育儿活动的邀约，她就带着孩子们一块儿去。准确地说，现在的Cecilia是个半职妈妈，再次成了家里收入的顶梁柱。

Cecilia有一个公众号，很多全职妈妈会留言倾诉她们的烦恼。她知道，对于很多全职妈妈来说，她们不赚钱，没有话语权，对很多事情无能为力；但她也发现，这两年，大家的焦虑感在降低。“呼吁了这么多年的平权，社会开始逐渐接受，女性回归家庭也是一种选择，也是一种奉献。大家都在调整，而且真的是机会也更多了，好多妈妈都在通过互联网寻找兼职工作。她们的状态和欧美的全职妈妈越来越像。”Cecilia说。

妈妈的养育二孩账

邱杨

养育二孩，除了直接的衣食住行、教育、医疗等经济成本，在人力成本上的付出更是加倍的。沈璐在怀二胎期间，就遭遇过一次特殊情况：自己的母亲和公公都生病住院了，那段时间家里人人手忙脚乱。可也正是这次“危机”，让沈璐更加坚定了生二胎的决心：独生子女长大后面临的是四个老人，如果没有兄弟姐妹帮把手，那必定是分身乏术、筋疲力尽。她不忍心自己的孩子长大后，陷入如此孤立无援的境地。

经济成本：多生一个意味着什么？

“生二胎就像一个养育游戏，你已经打过一次通关了，认清了每道关卡的艰难，却仍然愿意从头再来一遍。”沈璐的二胎之路很快就遇到了第一道关卡。

刚刚出生十天的小儿子，在医院采足跟血时被诊断为严重黄疸。医生担心这将影响孩子的脑部发育，因此要求孩子住院观察。按照规定，家属不准陪床。这可把沈璐急坏了，这么小的孩子，哪里放心让他单独住院？

医学博士毕业的表姐告诉沈璐，孩子的化验单数据处于临界值，实际上可治可不治。回家晒晒太阳，吃点药就可以了。仿佛得到了救命稻草，沈璐便赶紧把小儿子接出了院。住院仅仅两天，花了6000元钱，孩子的医疗花销不可谓不昂贵。但更让沈璐心疼的是，孩子出院时又瘦又脏，肚皮上还残留着没擦干净的便渍。“你想这是怎么照顾的？”沈璐说。

在沈璐的坚持下，她坐月子期间请了月嫂。“在北京，月嫂的均价在 1 万到 1.5 万元之间。”四年前她生大女儿时，请月嫂还只要 6000 元钱。她只得在生二胎前早早托了朋友，从石家庄请了一位愿意来京接私活的月嫂，出价 1 万元并包往返交通费。沈璐说，如果通过中介公司，这个价钱还得上浮 30% 左右。

不少人觉得花这么多钱请月嫂不值当。但沈璐却坚信：“让专业的人做专业的事，不然受罪的还是自己。”对此她深有体会，第一胎坐月子期间，沈璐极度不适应新的身份，甚至患上了轻度产后抑郁。“心理上已经备受摧残，却仍然要在每个深夜里给孩子喂奶、换尿布，生理心理上双重痛苦。”尽管月嫂价格不菲，沈璐在生二胎时仍然坚持请了月嫂。“千万不要指望妈妈或婆婆，实际上老人们也早忘了该怎么去照料新生儿。”她身边的朋友里，有不少人没请月嫂帮忙，出月子后却严重产后抑郁。

“北京的生活压力太大了，要生两个孩子，经济上就得仔细掂量，到底养不养得起？”沈璐和老公是闪婚，2009 年大学一毕业就领证了，也是同级同学里最早结婚生子的。早在单独二孩政策放开时，夫妻俩就开始考虑生二胎的事。可恰恰是因为有了养孩子的经验，对养育成本有了更清晰的考量，对经济压力的担忧让夫妻俩踟蹰了好几年。“对于每个家庭来说，生不生二孩，都是一个经过深思熟虑、反复掂量的艰难选择。”

沈璐感觉，孩子婴幼儿时期在奶粉和辅食上的花销算是最高的。她的奶水不足，小儿子从满月之后就开始喝奶粉。“进口奶粉一罐是 360 元左右，每个月大概需要 5 罐，仅仅这一项每月就要 1800 元。”而沈璐的大女儿 4 岁了，每天也要喝儿童牛奶、吃其他营养品，两个孩子每月在吃上就要将近 3000 元。纸尿裤也一直在“烧钱”。“现在的纸尿裤进口的是 2—3 元一片，便宜的也要 1—1.5 元一片，而婴儿时期的宝宝几乎每天都要用 5—7 片。”

除了奶粉和纸尿裤，孩子的玩具和衣服也很多。“尤其是生第一个孩子时，第一次当爸妈总想给予她更好的，把孩子看得跟宝贝儿似的娇贵，舍不得给她用低档的。”大女儿 1 岁多时，沈璐还给孩子报了早教班。“每周上一节课，每节四十五分钟，60 节课总共花了 1.5 万元。平均下来，一个月也要 1000 多元。”

到了小儿子，穿着用度和玩具开支则大幅“缩水”。沈璐把女儿小时候的物品重新拿出来，也搜罗了不少亲戚家的闲置用品，以达到节省养育成本的目的。“带小儿子最大的不同，就是不像带大女儿那样精心了。”在她看来，养老二可能比养老大时更省钱一些，她开玩笑说，“边际效益递减了，而且男孩子嘛，在吃穿上也没有那么讲究了。”她也不准备再给小儿子报早教班了，“感觉效果不好。”

但毕竟是多养了一个孩子，经济压力仍然存在。“只养一个娃的时候，在钱上没什么感觉，就是少买几件衣服的事儿。但有了小儿子之后，花费几乎都翻倍了，明显感觉花钱跟流水似的。”这些育儿花销在沈璐眼里，就像一个填不满的无底洞，让她感到甜蜜而沉重。

两个孩子未来的教育成本，则不像吃穿用度那样可以“将就”。沈璐的大女儿已经上幼儿园了，就在小区里的私立幼儿园，每个月的学费是 3500 元。“当时觉得很贵，毕竟公立幼儿园才 600 多元，但公立幼儿园太难进了，没有关系基本没可能。”事实上在北京，幼儿园的收费差距巨大。沈璐家隔壁是一处高档社区，楼下就是某国际幼儿园，她特地去打听过，每个月学费 1 万元，这让沈璐直咂舌，“真是没有比较就没有伤害，我们当年上大学的学费也才一年 1 万元啊。”

沈璐的一位朋友把孩子送到了隔壁的国际幼儿园，想让孩子从幼儿园起就接受最好的教育。但朋友回来后跟小区的妈妈们感慨：跟人家真不是一个世界的——“比如说过了一个小长假，孩子们回来凑在一块儿聊天，有说去美国玩的，有说去日本玩的。人家可能出趟国就跟咱们去趟京郊一样，不能比。”

沈璐不想过多攀比，但她也感到焦虑。从去年开始，她根据女儿的兴趣报了舞蹈班，还准备在女儿 5 岁时开始报英语班和钢琴班。“现在报个特长班，一年下来随随便便都要 1 万元。”沈璐最初的想法是什么都不让孩子学，顺其自然，孩子开心快乐就好。但当她发现，身边的孩子们竟然都能熟练掌握英语和其他特长时，沈璐才意识到，如今这个时代对孩子的要求不一样了——“如果你不学，就跟不上。”

眼下儿子还小，暂时还不涉及这些教育花销，但长大后却也同样省不了，将全部由家庭来负担。沈璐心里颇多无奈，却也不可避免地被裹挟其中。她只能开玩笑地安慰自己：“幸亏不是两个儿子，不然还得准备两套房！”

人力成本：爱的“捆绑”

在沈璐看来，与经济盘算相比，生不生二胎更关键的决定性因素是：家里老人能不能帮你带孩子。沈璐算是结婚生子早的，自己的父母也还不满 60 岁，身体都挺不错。有了外孙女之后，老人便催着再生个外孙。“父母总说趁着他们还年轻，带得动孩子，让我赶紧生二胎。”甚至可以说，沈璐的二胎意愿也是被老人们“催”出来的——“有父母帮忙带孩子，才真正解了我们的后顾之忧。”

对老人养育能力的再利用，是很多中国二孩家庭面临的真实处境。沈璐直言：“如果家里没有老人帮忙带孩子，那二胎是根本不会考虑的事。”可她的公公婆婆对于生二胎的态度就比较微妙了。“公婆会委婉地劝说我们再考虑考虑，生二胎对经济压力、生活品质的影响太大了。”沈璐也能理解老人的为难，对他们来说，再带一个孩子真的很难。“公婆年纪更大一些，精力和体力上确实有限，带一个孩子已经很累，小时候要时时刻刻抱着，长大了更要时刻守着，别磕着碰着。对于年长的女性来说，弯腰、跪蹲实在吃力。”

更劳心的是精神压力，生怕带孙儿出了差错，没法跟儿女交代。“老人们本来应该到了安享晚年的时候，却为了帮儿女带孩子彻底放弃了自己的生活。”沈璐的婆婆特别热爱文艺活动，但自从帮她带孩子之后，便再也没有出去跳过舞。沈璐很感念婆婆的付出，每逢周末便自己和丈夫带孩子，或带去娘家，尽量多给公婆放放假喘口气。而等到沈璐的父亲 60 岁退休后，双方老人能轮换着带孩子，压力也会小一些。

生二胎的决定最终还是得到了双方老人的帮衬，沈璐无疑是幸运的。她居住的小区里有不少高学历的全职妈妈，因为家里没有老人帮忙，又不放心把孩子丢给保姆，不得不放弃自己的事业在家照顾孩子。

而有了二胎之后，沈璐明显感到，家里人手更紧张了。养育二孩，除了直接的衣食住行、教育、医疗等经济成本，在人力成本上的付出更是加倍的。沈璐在怀二胎期间，就遭遇过一次特殊情况：自己的母亲和公公都生病住院了，那段时间家里人人手忙脚乱。可也正是这次“危机”，让沈璐更加坚定了生二胎的决心：独生子女长大后面临的是四个老人，如果没有兄弟姐妹帮把手，那必定是分身乏术、筋疲力尽。她不忍心自己的孩子长大后，陷入如此孤立无援的境地。

即便有老人的帮衬，沈璐自己也要投入加倍的时间精力在养育二孩上，孩子的心理感受和教育问题不可能全部丢给老人。“大女儿的心理变化非常明显，可能受到了外界的影响，她曾经说过不想要弟弟妹妹。”在沈璐怀二胎期间，她跟女儿沟通，如果不想要弟弟妹妹，那等小宝宝出生后就送给别人。女儿一听就哭了。从那以后，女儿的态度一下子转变了，弟弟出生后，现在还能帮着沈璐照顾弟弟。沈璐在宽慰之余，也更注意照顾孩子的心理需求。

除此之外，随着孩子们渐渐长大，隔代养育存在的问题也凸显出来。“孩子交给老人来带，基本上管不了孩子的教育和学习，只能任由孩子在家里看电视。”沈璐也很无奈，老人能帮忙带孩子，已经很感激了，也不好再去过多干涉老人的教育方式。更让她发愁的是，等到孩子上小学了怎么办？“小学下午 3 点半就放学，比幼儿园 5 点放学还早得多，老人能帮忙接送孩子，可没法给孩子辅导作业。”小区里一些妈妈会将孩子交给托管班，每到小学放学时，托管班的老师就举着一面小旗来接学生，队伍浩浩荡荡。可至于实际辅导效果如何，就不得而知了。

沈璐只能抓紧每天晚上和周末的时间，与孩子多一些亲力亲为地陪伴。现在每天晚上，沈璐都是“一拖二”，同时照顾两个孩子。她争取每天早上 7 点半能亲自把大女儿送去幼儿园，照顾好小儿子的吃喝，然后再赶去上班。晚上 7 点多下班回到家，公婆已经帮她带一天孩子了，也很累了，一进家门照顾孩子的事自然而然地就交接到沈璐手上。

“但现在哪有不加班的单位，请假往往也很难。有时候晚上 9 点加完班回到家，孩子们都已经睡了；第二天早上又早早地上班走了，那时候孩子们还在睡着。”长此以往，沈璐想到了辞职，回家照顾孩子。可沈璐的母亲却很生气。“她觉得孙女都上幼儿园了，你都快熬出来了，为什么还要辞职？”沈璐理解母亲的愤怒，“在上辈人看来，辛辛苦苦培养出来的高学历女儿，不是为了让你回家当家庭主妇的。孩子上了幼儿园，就可以交给别人去带了。”但在沈璐看来，孩子的成长就那么几年，父母给孩子的陪伴很重要。“如果总是错过孩子成长的瞬间，在外拼命工作又有什么意义呢？”

机会成本：职场妈妈的“隐形门槛”

刚刚放开二孩政策时，林曼殊的领导就半开玩笑地问过她：有没有生二胎的想法？林曼殊不动声色地敷衍带过，她心里明白，这极有可能是一种试探。

事实上，在生二胎之前她心里也一直在纠结，最重要的考量就是面临的职场压力。“怀胎十月，在工作上很难像平时那样拼，生完孩子回来，更要比别人加倍努力才可能追上耽误的时间。”更何况，孩子越多耗费的精力自然越多，势必影响领导对女性工作投入程度的判断。“要工作发展，还是养育二孩，这对我来说似乎是道单选题。”但越来越多像林曼殊一样的职场女性，却努力在夹缝中搏出一个双选。

在深圳这座城市里生活，林曼殊压力非常大。背着住房和养育的双重压力，她不敢在工作上有任何偷懒懈怠或退步，仿佛穿上了永不止息的红舞鞋。“每天一睁开眼，脑子里就蹦出来几个数字：每个月房贷 1.8 万元，车贷 6000 元，夫妻每月收入 4 万元，还要负担孩子的养育费、父母的生活费，已经是逼近负资产的状态了。”林曼殊很清楚，如果自己失去这份工作，靠丈夫一个人的收入，远远无法承受一家人在这座城市里的生活成本和养育成本。

为了让领导看到自己并没有因为生育而影响工作，林曼殊会比别人更努力，花更多精力去弥补。她生第一个孩子时，还没有放开二孩政策。按照公司规定，除了一百二十八天的产假，还可以休四十五天的独生子女假，但林曼殊没有申请，而是休完产假马上就回来上班。“总有很多事在追着你。”身不由己的她，不敢再休更长的假了。

放开二孩政策后，林曼殊心下纠结，她深知生二孩对工作晋升的阻力，又实在心疼孩子的未来。“如果孩子没有兄弟姐妹，他以后在这座城市里将多么孤单无助啊。”更何况，林曼殊相信，孩子在兄弟姐妹的陪伴下长大，对性格的健康培养更有利。咬咬牙生下二胎后，多亏了有父母公婆帮她照顾孩子，林曼殊又飞快地扑回工作之中。此时此刻，有了两个孩子的她压力更大了，只想在工作上更努力，有更多上升空间。在职场中锻炼出来的她，总是怀有危机意识，“公司不可能去等你的，总有另一个人能替代你。”

在哺乳期里，林曼殊白天上班夜里带娃，在将近一年半的时间里体力严重透支。孩子对母亲的依赖是天生的，尤其是在夜晚闹觉时，必须林曼殊来抱着哄孩子，其他任何人都帮不上忙。“有时候凌晨两三点，一抱就是一小时还哄不睡孩子，那时候真是绝望啊。”而白天的工作是照常的，没有任何时间让她去补觉或休息，带孩子的人“必须像平常人一样努力工作，真是非常非常累”。

职场妈妈的辛酸还不仅于此，为了孩子的口粮，林曼殊成了“背奶妈妈”。每天从工作中挤出时间来存奶，而公司里也没有专门的哺乳空间，只能躲在空气并不好的卫生间里。由于工作压力大，林曼殊的奶水并不多，但她仍然坚持每天“背奶”回家，孩子能多喝一口是一口，这是她作为母亲的努力和坚持。事实上，公司也规定哺乳期的女员工每天有一小时的哺乳假，但林曼殊却没怎么休过，工作诸事缠身，没办法提前离场。

可话说回来，即便哺乳假或育儿假延长，林曼殊也不敢休——假期越长，可能机会就越少。“这也是职场上隐形的机会成本，如果赶上公司要用人，不可能因为你是二胎妈妈而等你休假回来。”林曼殊总是反复强调，“企业不会去等你的，如果错过了机会，下一次就不知道是何时了。”

林曼殊的一位女同事就因为怀二胎，职场生涯遭遇沉重打击。“她是刚刚休完产假不久，不到四个月又不小心怀上了二胎。这也就意味着，她在连续两三年里，都无法适应工作的强度，甚至她的工作可能都要交给别人帮她完成。这在领导心里，就会大打折扣。”年底时，这位女同事也因为业绩不佳而遭到了降级处理。同样身为二胎妈妈，林曼殊有种唇亡齿寒的唏嘘之感，“现实就是这样残酷，如果你不行，就会有别人上。”

因此当领导询问林曼殊，公司有个为期二十天的出国考察项目，她愿不愿意去时，林曼殊毅然决然地应允了。尽管此时，她的孩子才只有七个月大，尚处于哺乳期。林曼殊的工作是设计师，如果不出差，没有对现场的观察和理解，她将错失在项目中的话语权。出差的当天，她把吸奶器也塞进了行李箱，见缝插针地在赶飞机赶会议的间隙里，为孩子挤出口粮。后来跟领导聊天时，她才知道，如果当时她但凡表露出一丝犹豫，将直接在那次项目中被除名。而她为此付出的代价是，回国后她的身体就自动断奶了。

有了两个孩子之后，林曼殊更加努力地在工作与养育孩子之间寻找平衡。“每天晚上到家就8点多了，便想抓紧每一分每一秒来弥补孩子们。陪他们讲故事、看绘本，哄他们入睡。”现在的林曼殊除了工作和孩子之外，完全没有属于自己的时间，连和朋友聚会都成了一种奢侈。她偶尔也想过辞职，但在沉重的经济负担面前，这显然只是个幻想，她只能逼着自己坚持一下，再坚持一下。而且在她内心深处，她也不愿成为全职主妇，失去独立的基础。“但在职场和养育之间找平衡，怎么就这么难呢？”她常常如此慨叹。

他山之石：如何共担养育成本？

对于中国的二孩妈妈们来说，无论是经济成本、人力成本还是工作中的机会成本，“幼有所养”的全部压力只能由每一个家庭独自承受。在现实的挤压下，中国的二孩妈妈们只能让自己变得更坚强。事实上，这并不是中国妈妈独有的养育困境，欧美的妈妈们也曾经或正在经历相似的养育之惑。

在传统社会中，儿童被视为私人物品，对儿童的养育成本也被当作家庭和父母的责任。代表公权力的政府，只有在家庭失灵或父母缺位时才谨慎介入。直到20世纪中叶，随着工业化和城市化的到来，越来越多的青年夫妇开始拒绝承担“抚幼”的责任，西方发达国家人口生育水平持续走低。

由此，养育成本的分担问题，才逐渐引起诸多欧美国家的关注：既然儿童养育的成果是由全社会分享，那么儿童养育的成本也应该由全社会集体分担；既然父母劳动是公共服务，育儿的薪酬也应该由国家提供；由全社会共同照顾儿童，未来儿童才可能照顾全社会需要照顾的人。

将儿童从私人物品视为准公共物品，越来越成为现代社会的共识——对儿童的投资就是对未来的投资。实际上，儿童的养育成本包括直接成本和间接成本：直接成本，是儿童的衣食住行、教育医疗等支出；间接成本，则是父母为抚养孩子导致受教育机会和工作收入减少等机会成本和时间成本。而在西方福利国家，上述养育成本的分担已经制度化，由政府、市场和家庭共同支撑。

以素有“儿童天堂”之称的北欧福利国家代表瑞典为例，更是为儿童、母亲乃至整个家庭提供了“从摇篮到坟墓”的全面保障。有针对所有家庭的“经济支持”：如产前产后保健及免费分娩，产前180—270天的生育津贴，名目繁多的各种产假津贴、儿童津贴、父母津贴和免费医疗。还有优厚的假期福利：长达480天的带薪育儿假期，为欧洲各国之最，其中60天是父亲的配额，不能转让给母亲，以此来强制男性参与抚育幼儿。而当父母平等使用育儿假时，还将获得“性别平等奖励”。除此之外，瑞典还设有最完善的公共托育服务体系：为所有 1—6 岁的儿童提供高品质的托育和学龄前教育，唯一条件就是父母双方至少有一方工作，或失业父母参加再就业培训。

瑞典和其他欧洲国家一样面临着劳动力紧缺的问题，因此瑞典家庭政策的重要目标是促进性别平等和推动充分就业。这些津贴、托育和假期政策最大限度地减少了女性对家庭的依赖，保证了女性在进入劳动力市场的同时兼顾育儿，也给了女性最大的选择空间。这样的家庭政策使得瑞典在 2013 年的总和生育率维持在 1.9，15—64 岁母亲的就业率则高达 83.1%，与此同时 OECD（经济合作与发展组织，简称经合组织）国家同时期平均值只有 66.8%。

作为欧洲第一个经历生育率下降的国家，法国也是最早推动共担儿童养育成本的国家之一。国家为家庭提供了丰厚的现金津贴，从 1976 年就开始惠及大部分法国家庭。它们弥补了法国家庭养育子女所需的成本，也为就业女性提供了从市场购买所需照顾服务的可能。事实上，经济支持政策也越来越成为国家与家庭共担养育成本的一种普遍政策工具。

对于许多女性面临的工作－养育平衡困境，法国还提供了多样化的儿童保育模式，让不同工作时间、不同工作性质的母亲有更多的选择，比如由政府颁发执照、在家帮助母亲照顾儿童的“母亲的助手”，和同时最多照顾4位幼儿的“育婴保姆”，还有建立在条件恶劣的街区、为满足不同工作时间表的家长应对紧急情况下育儿需求的“城市希望”托儿所等诸多形式。政府还出台了多种政策鼓励多样化的儿童保育模式，并给予相应补贴。根据2013年的数据，法国0—2岁的幼儿入托率为49.7%，3—5岁的儿童入园率为99.6%，在OECD（经合组织）国家中处于前沿。

除此之外，法国还鼓励雇主创造对家有幼儿雇员友好的工作场所，认为帮助员工实现平衡工作和家庭生活也会带来企业效益。自2008年起，法国开始实施“观察企业中身为父母的雇员状况”的年度调查，到2012年已经有将近400家企业签署了对父母雇员友好的章程。这些企业承诺为雇员特别是女性雇员制定灵活的工作时间，以及每天不到四小时的最低工作时间，允许雇员自己安排工作时间，并反对工作狂性质的企业文化。法国通过推动工作和家庭的平衡，来强化父母尤其是母亲在劳动力市场的位置。这些家庭政策的实施，使法国保持了远高于经合组织国家的平均生育水平，2013年的总和生育率为2.0。

尽管瑞典和法国对养育成本的分担路径不尽相同，但在政策工具的运用上却有着相当程度的重叠之处，且各具特色。瑞典育儿假中的“父亲配额”重在推动父亲参与养育活动，而法国多样化的儿童保育模式和企业创造的对家庭友好的环境，则有利于女性实现工作和养育的平衡。这些政策工具都分担了儿童“养”和“育”的不同成本，回应了父母和儿童的不同需求。这对于仍然由家庭独自承担养育成本的中国家庭来说，有着重要的借鉴意义。

参考文献：

马春华：《瑞典和法国家庭政策的启示》，《妇女研究论丛》2016 年第 3 期。

马春华：《重构国家和青年家庭之间的契约：儿童养育责任的集体分担》，《青年研究》2015 年第 4 期。

唐灿、张建主编：《家庭问题与政府责任》，社会科学文献出版社 2013 年版。

做两个『星星的孩子』的母亲

陈赛

这个世界那么多的焦虑，那么多的不安，都是因为父母希望自己的孩子将来在充满丛林法则的世界里占据一个更好的位置，所以，稍微一点付出，都期待回报。这种期待和回报之间的差距，也曾经让她有无比强烈的挫败感，但现在她明白，教会点孩子什么并不重要。无论 ABA（应用行为分析法）还是 VB（言语行为分析法），这些技能都是皮毛。真正重要的，是你耐心地陪着他/她一点点长大，是你知道他/她内心快乐，安全感十足，任何环境下都能信赖你。

一个最艰难的决定

生下第二胎，是张淼一生中所做的最艰难的一个决定。

在此之前，她已经有一个儿子，安竹，1 岁 4 个月就被确诊为典型的自闭症（临床上又称“孤独症”）患者。安竹 3 岁那年，她辞掉工作，全身心投入他的康复和干预之中。三年的付出，收效甚微，不仅收效甚微，还因为干预过度，亲子感情被破坏殆尽。安竹一见到她就躲。

在决定生二胎之前，她曾经暗暗祈祷，如果没法再怀孕，那该多好，那是上天帮她做了决定——没有选择，就是最大的自由。

毕竟，且不提其中的基因风险，即使生下来的是一个正常的孩子，让他来到这样一个特殊的家庭，本身就是一件残忍的事情。

我国台湾著名儿童精神科专家吴佑佑就坚决反对自闭症家庭生二孩。她在台湾做“同侪心理辅导”，就是因为发现在自闭症家庭中，最痛苦的并不是孩子的父母，而是孩子的兄弟姐妹，因为他/她总是要付出的那一个，父母的心永远是偏向弱小的。成年以后，作为兄弟姐妹能不能结婚生子都是未知，而这些都是人的正常需求。一个孩子的出生，如果注定了要承担父母的痛苦，又怎么可能快乐呢？

“生二孩之前，我就下定了决心，无论这个孩子是男是女，是否正常，他/她绝对不能再生孩子。自闭症的遗传风险极高，他/她不能再遭受我的不幸。但是，我又不得不生老二。因为牵扯到我们百年之后哥哥怎么办。他是重残儿童，他是真的需要人照料。最起码得有一个人监管他，帮他花钱。就这一点而言，有没有血缘，会很不一样。”

“中国的养护，就是这么赤裸裸的，很愚昧，但是很现实。”

命运没有给予她免于选择的慈悲。不久，她生下了第二个孩子，一个男孩，取名安笛。几个月后，各方面的迹象都表明，安笛也是一个典型的自闭症患者。

两个自闭症的孩子

我第一次见到张淼，是在北京市海淀区某孤独症家庭支援中心的一个大教室里。当时，我刚刚发现，我2岁多的儿子可能患有自闭症。他2岁半还不会叫爸爸妈妈，对陌生人毫无兴趣，也不喜欢跟小朋友一起玩，最喜欢做的事情就是把一扇门打开关上，把一本本书对对齐地玩。

对于自闭症，我并不陌生，十年前我就采访过北京星星雨教育研究所里的自闭症孩子，也曾经采访过世界上很好的自闭症研究专家。我知道，自闭症是一种起病于婴幼儿时期的严重的身心发育障碍性疾病，以人际交往障碍、言语沟通异常、兴趣局限和行为刻板等为主要特征。我也知道，自闭症病因不明，也无法治愈，只能进行艰难漫长的康复干预。我曾经在我的文章里自以为是地强调，自闭症不是缺陷，不是疾病，而只是一种不一样的心智，一种不一样的生命形态。但我从来没有想过，它会发生在我自己的孩子身上。

那段时间，我每天都觉得自己的世界正在经历一场新的分崩离析与勉力重组，只能怀着万一的侥幸，到处寻找好的干预机构。在那些机构里，我见了各式各样的自闭症孩子，他们怪异的举动，以及他们父母绝望的眼神。从那些绝望的眼神中，我看到自己的未来，但我不敢想的是，我的孩子的未来会是什么样子？

我至今都记得一个从事多年自闭症干预的特教老师对我说的话："最好的结果，也不过是一命换一命。"他的意思是，一个自闭症的孩子，最幸运的结局是最终能融入正常社会，但这条路上充满各种艰难险阻，需要他/她的父母赔上自己的一生。

当我找到这家孤独症家庭支援中心的时候，我被告知，报名至少排到两年以后。机构负责人同情地看着我说：三楼的康复室里有一个老家长，也许你可以跟她谈谈。

我犹豫了一下，还是上了楼。张淼正一个人在空荡荡的大教室里做瑜伽，赤着脚，戴着耳机。我至今记得她回头时脸上爽朗的笑容，她化了一点点淡妆，显得又干练又自信，与我那段时间见惯了的愁苦面孔如此不同。

她说，她家老二每天都在这里上课，是典型的自闭症，但在老师的帮助下，他正在慢慢好转，而且带动他的哥哥也慢慢好转。我这才知道，原来她有两个自闭症儿子。

我有一瞬间的恍惚，无法理解她为什么还有笑的能力。

她说，其实，就在两年前，她每天都想着死。她家住在高楼，每天盯着对面的高楼大厦，就想着从哪一层跳下去死得最彻底。之所以没有跳下去，是因为她没有想好，到底是要带走老大，还是带走老二。她没法判断，他们俩谁活下去会有一个相对好一点的人生。

“这个地方对我有救命之恩。”她告诉我。

2 岁之前，安笛只喜欢电梯和地库。每天在电梯里钻钻，在地下车库里钻钻，整天暗无天日。也不跟父母出门，往死里哭，早上起来哭两小时，晚上睡觉哭两小时——因为他不会表达。

在这家孤独症家庭支援中心，安笛接受了非常专业的 ABA（Applied Behavior Analysis）训练。所谓 ABA，是一种行为疗法，就是将一个普通的动作拆分为无数个细小的步骤，通过一次次的重复和正向强化，引导自闭症孩子学会这个动作。就像为了到达一个目的地，在他走的每一步路上都铺上一个砖块。通过这种方法，他学会了点头，学会了摇头，学会了刷牙，一点点学会发音，一点点学会使用语言，也一点点学会了控制他那可怕的情绪。

上帝一定是太看好我了

再次见到张淼，是一年以后了。这一年里，我偶尔会在微信上看到她发一家人的照片，过生日，看演出，在游乐场玩耍，一家人出游，和一个正常家庭一样运转着。安竹拉着安笛的手，一个个子高高、温和憨厚，一个个子小小、机灵狡黠，笑起来跟妈妈一模一样。

而我，这一年来，带着孩子奔波于各种康复训练场所，在希望与绝望的过山车之间，竟无比幸运地得到命运网开一面：孩子渐渐会说话了，也有了正常的社会交往的意愿与能力，越来越向一个正常儿童的方向发育。但张淼的故事一直留在我的脑海里，我感激她的勇气曾经带给我的力量。我想把它写出来。

我们约好见面那天，刚好碰上北京最糟糕的天气。冷空气降临，雾霾加上小雨，无论如何都打不到车，只好辗转各种公交，等我到达约定地点时，已经迟到了半个多小时。

她还是我记忆中的样子，短发、淡妆，背着双肩包，笑起来很爽朗。

她说，安笛最近刚刚开始在附近上一个融合幼儿园，上午在幼儿园上课，下午在孤独症家庭支援中心训练。他们每天要从东五环之外坐一个半小时的车到这里来上课。我问她：为什么不在附近找房子住？她说，安竹一直在家附近的培智学校上课，每天由姥爷负责接送。为了一家人每天可以有一段在一起的时间，这样的奔波也是值得的。

她很兴奋地跟我谈起最近《民法总则》关于监护权的变化。以前监护人的归属只能由法院按直系亲属的序位判决，但现在父母可以在遗嘱中指定监护权人选。这意味着他们百年以后，孩子可以有更安全可靠的托付。

我们再次谈起当初那个最艰难的决定。她说：“我一点都不后悔生下老二。不仅不后悔，还特别感恩。”

“没有安笛之前，我觉得安竹是世界上最糟糕的孩子。他把我所有的希望都敲碎了，我所有的付出都化为尘土，付出和收获完全不成正比。我所有的自尊心、自信心全都被瓦解得一干二净。”

在安竹早期训练的康复机构里，她是学历最高、最聪明、最下苦功的妈妈，还辞掉了高薪工作，但她的孩子却是那个机构里最差的孩子。“以前我无论如何都不理解，这个孩子为什么就这么笨，为什么就是教不会，但现在我明白了，每个孩子都是不一样的。”

安竹和安笛都是自闭症，但他们的能力、天性、脾气却迥异。安笛出生以后，她突然意识到安竹是世界上最好的孩子，因为安笛带给她的痛苦，远甚于安竹百倍。安竹虽然听不大懂话，但听懂的全听，天性温和。安笛能力好，会说话，什么都听得懂，但就是不听你的，非常拂逆，天天都得跟他斗智斗勇。

若论“自由”，自闭症孩子大概是这个世界上最“自由”的人。他们随心所欲，不受任何习俗、法规、权威的约束，对于渗透到这社会每一个角落里约定俗成的规则一无所知。也正因为如此，他们的行动会在每一个细枝末节处都与这个社会发生激烈的冲突。如果不能仰仗这个社会的宽容，他们就举步维艰。

“自闭症最可怕的，就是有主意。越是高功能越可怕。因为他以自我为中心，随身带着一个他认为对的世界。他见不得这个世界上任何不符合他心理标准的事情。有人插队，他会一把揪出来；有人吸烟，他会一把拍掉烟头。

“刻板是怎么来的？安笛玩什么东西必须按他的顺序走，你稍微打乱了他就跟你闹得歇斯底里。这就是他能力好的负担。首先他有想法，然后他才会刻板。安竹就不会，因为他没想法。但这是带了安笛以后才会明白的事情。”

有一个自闭症的孩子大概可以归入一个人所能遭遇的最残酷的命运之一，而她有两个。“即使唐氏儿，跟我们也属于一类人，只是智力水平不同而已。但自闭症就是另一类人，他们与普通人之间有断崖式的差距，而不是坡道式的差距。”

在一个崇尚完美、效率、成功的社会里，不完美、缺陷、失败自然会招致指责。但身为一个母亲，十二年来，她从两个自闭症儿子的眼睛看出去，看到的是我们这个所谓正常世界的种种荒谬与不合理之处。

比如，我们对于“教育”二字是多么充满执念啊。这个世界那么多的焦虑，那么多的不安，都是因为父母希望自己的孩子将来在充满丛林法则的世界里占据一个更好的位置，所以，稍微一点付出，都期待回报。这种期待和回报之间的差距，也曾经让她有无比强烈的挫败感，但现在她明白，教会点孩子什么并不重要。无论 ABA（应用行为分析法）还是 VB（言语行为分析法），这些技能都是皮毛。真正重要的，是你耐心地陪着他 / 她一点点长大，是你知道他 / 她内心快乐，安全感十足，任何环境下都能信赖你。

“你觉得我的孩子很可怜吗？他们不用写作业，不用被妈妈骂，一到假期就出去旅游。他们的苦恼比我少很多。我小时候一到考试就肚子痛，但他们每天都活得很简单，很快乐。等他们长大了，也不必赚钱养家，不必绞尽脑汁讨好上司，大概也无须忍受失恋的痛苦。这个世界上有些人生下来就是享福的，也许我的孩子就是如此。”

什么是幸？什么是不幸？如果没有安笛，她也许会一直陪着安竹，但她也会永远嫌弃他，这辈子都觉得这个孩子欠她的。但现在，她看着安笛，会觉得“安竹多乖，我当年那么不待见安竹，我多对不起他啊”。回头再看看安笛，又觉得“你看安笛多机灵啊，他还会说话呢，他还会顶嘴呢”。

什么是自由，什么又是命中注定？她自己从小顺风顺水，父慈母爱，学业顺利，几乎没遇到过什么挫折，恋爱、婚姻、事业都异常顺利，何曾想过竟会生下两个自闭症孩子？佛教说：你这辈子生下这样的孩子，是上辈子做了坏事，造了孽。基督教则说：你这辈子生下这样的孩子，是因为上帝拣选了你——这种责任不是人人都承受得起的。她更愿意相信后者。

“我想，上帝一定是太看好我了，给了我俩儿。”又是一阵爽朗的大笑。

一个人活着的意义是什么？尊严又是什么？关于这两个孩子的未来，她已经有了充分的预估和准备，她知道他们将来是一定要进养护机构的，终身离不了人。这是肯定的，因为他们有精神障碍。

但这样就一定活得没有尊严，没有意义吗？“安竹可以进养护中心，他的动手能力很好，可以跟老师画画，做点手工，叠个纸盒，每天得点奖励；安笛可以进‘庇护工厂’（专门为残疾人搭建的就业平台，中国现在还没有完善的庇护工厂，但以后也许会有），做一点他力所能及的工作，自食其力。这就很有尊严啊。”

这些都是她十二年养育两个自闭症孩子修炼出来的智慧，是她对他们在这个不为他们而设计的陌生世界里的挣扎与艰难的理解，也是她学会的对他们的美好而生出的欣赏。

一般来说，每个自闭症孩子的家长都要经历一个漫长的成长过程。三年以内都属于新家长，孩子母亲不管不顾，连老公都可以不要，背井离乡，奔波在全国各地的机构进行训练，但无论乐观还是悲观，这时候都是盲目的、无知的，因为不了解情况；三至八年间，家长的进步和升级很重要，如果不升级，要么就是放弃了，要么仍然陷于无休止的纠结和矛盾中。如果升级了，则进入一个新的人生境界，家长逐渐清楚孩子大概的发展趋势，因此学会了照顾自己、照顾老人、照顾孩子，这时候才算活出一点点人味了。

“以前，我全身心都在孩子身上。我爸做心脏手术都是我哥伺候，因为孩子离不开我，四五个人围着一个孩子转。现在顺序全变了。第一位是老人，因为他们陪我的时间越来越短了；第二位是我和老公，我们多活一天，孩子少受一天罪，他们的未来更可控一天；最后才是孩子。”

这一切转变，很大程度上要归功于她在那家孤独症家庭支援中心的一个家长培训项目里学到的“优势思维”。所谓“优势思维”，说白了就是，半杯水，你看到的是希望还是绝望？

“道理大家都懂，但很多时候都只是嘴上说说。但像我这样，是被逼到绝境了，遇到这样的理论，就成了绝处逢生。阿Q也好，自我安慰也好，活下来就好，反而简单了。

“选择？我不怎么选。只是在人生的每个阶段，定好目标。现在是以安笛的早期干预为主，三五年以后，就慢慢到安竹的青春期了，青春期我要帮助他消耗一些体力，规范一些行为，要让他的情绪不出现大波动，不出现攻击行为。步骤很明确，安排好，一步步往前走，遇到什么问题解决什么问题，不自寻烦恼。”

她经常想：“说不定这是我人生里最幸福的时刻呢。

“安竹还没有进入青春期，貌似一切都还很平稳。他还没有变得歇斯底里、飞扬跋扈，还没有出现攻击和自伤行为。安笛呢？在平稳上升中。尽管很缓慢，但这个孩子每天都在进步，包括他的认知、他的表达、情绪控制。”

是的，活在当下——一个人怎么度过一个个具体的日子，就是他如何度过这一生。

她给我上了珍贵的一课，一个人如何凭借勇气、智慧与爱，与命运达成和解，并在这种和解中得到她可以接受的自由。

她更愿意把自闭症看成是一种障碍，而不是一种疾病。

疾病是一个人有毛病，需要治疗的只是他这个人；而障碍则意味着一个人在某种特定环境中有困难，适应困难的责任不仅在这个人身上，也在他所生活的社群当中。如果这个社群懂得宽容，欣赏差异，他就有更多的自由、更多的机会适应这个世界，并发挥自己的潜能，活得更有价值。

当然，从某种角度来说，她和两个孩子的确是不幸中的幸运者——她经济负担不重，夫妻感情很好，又有开明长辈的支持和帮忙，也许这也是她能够坚持下来的一部分原因。

陪孩子，涉过青春期激流

刘咏秋

得承认做青少年孩子的妈妈相当不易。她儿子自小淘气、特立独行，她曾经自恃高校十年教龄傍身，跟儿子建立起了相互信任、沟通无碍的亲子关系，并能够有效化解儿子跟学校老师不时出现的紧张关系。但现在这种平衡被打破了。儿子对她基本是黑脸加白眼，不管说什么、以什么方式说，几乎都无一例外地被戗回来。眼前的儿子，让她感觉越来越陌生。

她的电脑前，有一张她儿子尚带“婴儿肥”的放大照片：他仰脸对着镜头，眼里满是恳求。那时候先生和她都在斯里兰卡驻外，她儿子12岁多的样子。他们一家三口和几个朋友相约去尼岗坡度周末，随大队人马走在前面的儿子突然转身跑回来，对她说：“妈妈，裤子又松了，帮我收一下。”她当时因拿着相机拍照落在后面，顺手对着儿子按下快门，留下了一个“决定性瞬间”。

她认为，这是她儿子成长的一个分水岭。那条沙滩裤的裤腰上有可调节松紧的小装置，但不是很管用，她需不时帮他拉紧。仅几个月后，当她看到他裤腰又松了试图给他调节时，他动作很大地避开，同时用英语朝她大叫：“别碰我！”

尽管那一瞬间很受伤，但她还是赶紧把手缩回；尽管情感上难以割舍，但从那时开始，她不得不每天在心理上做大幅调整，以面对一个进入叛逆阶段的青春期儿子。

接受男孩对妈妈的断舍离

英语里，对应“青少年”有一个比较形象的词语，即“teenage”。这个词，由 teen 和 age 合成，可以理解为带 teen 的年纪——青葱岁月。英语里，从 13 到 19，词尾都是 teen，而这七年，恰是孩子第二生长高峰期。这一生长高峰包括两个方面——生理的和心理的，即孩子这一时期在生理和心理上飞速发展，为进入成年做好准备。她则开玩笑地称之为“半兽人”时期。

得承认做青少年孩子的父母相当不易。她儿子自小淘气、特立独行，她曾经自恃高校十年教龄傍身，跟儿子建立起了相互信任、沟通无碍的亲子关系，并能够有效化解儿子跟学校老师不时出现的紧张关系。但现在这种平衡被打破了。儿子对她基本是黑脸加白眼，不管说什么、以什么方式说，几乎都无一例外地被戗回来。眼前的儿子，让她感觉越来越陌生。

儿子对她的疏远，生硬而决绝。他不再跟她牵手。她先生很早之前跟她说过一句外国谚语，此时仿佛一语成谶：珍惜每一刻跟孩子牵手的机会，因为很快他就不需要牵你的手了。他拒绝跟她距离太近，尤其是外出有别人在场的时候，稍微近一点他就会立即跑开。若她像过去一样跟得紧一些，他立即生气，发出警告：别老跟着我！

刚开始她难免委屈，甚至有极深的挫败感：我做错了什么，会让他这么嫌弃我？而且越想做出努力修复这种裂痕，情况越朝着相反的方向发展，变得更为糟糕。

奇怪的是，她儿子跟她先生的关系前所未有地亲密了起来。跟过去不同的是，他更愿意和爸爸讨论问题，她则被“去中心化”了。直到有一天，她儿子悄悄向爸爸展示他身体发育的秘密，先生告诉她之后，她恍然明白儿子跟她产生“鸿沟”的原因：这是他性别认知成长的自然结果——她不仅仅是妈妈的角色，也是他生活中可以进行对比的异性，他需要在这一识别的过程中，进一步认识自己，重新定位。简言之，他要破茧，要成长。自此，她坦然接受了儿子跟她画出来的“三八线”，有时惯性使然难免越界，被戗得含泪，也能笑自心出了。

淡定对付一系列青春期症状

不可否认，她的儿子进入了青春期。青春期是有一些典型“症状”的。首先出现的症状是他经常不剪头发。她儿子自出生头发就不多，故打小就一平头。进入青春期，头发密集生长，变得又黑又厚又亮。斯里兰卡属热带气候，终年如夏，但他却拒绝上理发店，她都替他热得慌。她只能用英国前首相布莱尔的故事来宽解自己：堂堂首相也曾长发飘飘，以至于他父亲到牛津大学，险些认不出自己的儿子。所以，她对儿子的头发采取不置一喙的策略。甚至他自己修剪，弄成一个特别有违她审美观的“蘑菇头”，她也视而不见。

第二个症状是他经常超过三天不洗澡。开始她和她先生很困惑，从小给他养成的卫生习惯呢？怎么现在变得这么邋遢？后来她先生看了一篇研究文章，证实这是一种青春期的普遍现象，源于这一时期的孩子对汗臭一类的味道不敏感，她只好睁一只眼闭一只眼，并以加快给他换洗床单被罩来应对，避免引起不必要的冲突。持续一段时间后，有一次不知怎么触及这一话题，她先生慢悠悠地说：“一天不洗澡，你自己知道；两天不洗澡，妈妈知道；三天不洗澡，全世界都知道了。”儿子狠狠地白了他一眼，此后却大有收敛，极少超过两天不洗澡了。

第三个症状是他常有文身的冲动。尤其是他们一家后来搬到了希腊，那里文身的男女老幼比比皆是，引发她儿子一次次跟他们讨论文身问题。当时的美国总统奥巴马是她儿子的偶像，于是她给他讲了奥巴马应对女儿文身的要求的故事。据报道，当女儿就文身问题征求爸爸意见时，奥巴马答：你们文，我也文；你们文哪个部位，我文哪个部位；你们文什么图案，我就文同样的图案。女儿们遂打消了这一念头。

不久后她儿子又提起这一话题。她告诉他，原则上她不反对文身，关键是，文身图案肯定会过时。将来要是不喜欢，可以抹去吗？抹去会对皮肤造成不可逆的损害吗？你先想好再说吧。儿子以后再也不提文身了。

第四个症状是他突然变得“笨手笨脚”。进入青春期后，你会发现，好不容易大小动作协调了的孩子，又开始频繁摔跤、打翻牛奶、打碎杯盘碗盏等。幸运的是，这一时期，她和她先生阅读了一本父母手册——《怎样从青春期孩子手里幸存下来》。书里解释，这一时期的小孩，往往会在一个月里蹿高一两厘米，四肢也在野蛮生长，但大脑往往跟不上身体的变化，会在距离、空间等判断上出现误差，磕磕绊绊成为常态。因此他们尽量做到不让孩子自责，当此类“低级错误”出现时，可能孩子比他们还要沮丧；另一方面，则是叮嘱他放缓动作，收拾好残局就行了。

理智处理厌学情绪

相对而言，这一阶段孩子有些症状是显性的，比较容易对付；而另一些属于青春期的“大事”，则有可能直接影响到孩子三观的形成，不仅应引起父母重视，而且更应讲求对应的技巧。

进入青春期的儿子，给大人们制造的第一个危机，就是拒绝上学。

国外有句谚语：孩子走着上学，跑着回家。这句话生动描述了孩子们对家庭与学校的不同态度。不管是什么样的孩子，在求学阶段，总会因各种原因产生或多或少的厌学情绪。她的儿子对学校规章制度从来难以遵守，几乎每一周，至少会有一天，早上一睁眼儿子就对她说，今天不想上学。但使用各种方法之后最终还是会去学校，从老师及同学方面获得的反馈则是，她儿子在学校里其实很开心，故一直无大碍。

但这一次有些不同。问题从儿子上初一开始。引发这一危机的根本原因，是她儿子就读的科伦坡国际学校的校长桑德斯——一位德高望重的英国人，决定离开兰卡去马拉维开办国际学校，而校董会借此改变了外籍教师聘用政策。虽然继任的校长还是英国人，但大批外籍教师却辞职了，导致教师中本地教师的数目大幅上升。在国际学校任教的本土教师优秀的并不在少数，但占比太高，原来的教学风气就发生了微妙的变化。

具体到她儿子班上，最主要的学科几乎都换成了斯里兰卡老师。其他还好，让她儿子最为失望的是数学老师。他的风格是满堂灌，在结束授课之前拒绝学生提问；留给学生提问的时间本来就不多，他还常因学生的“不当”提问而大发脾气，学生们很不适应。她儿子更是，几乎从第一堂课回来就开始抱怨这个数学老师。

她首先寻求的方式还是跟老师沟通，大多数情况下，儿子跟老师的对立都会因此化解。一般是老师告诉她，儿子在课堂上最主要的行为问题，她则告诉老师，她和她先生在家里跟儿子的相处方式，然后共同找出有效的解决办法。但他们跟数学老师沟通的结果并不理想。这位老师一方面大倒苦水，陈述自己压力大；另一方面则指责她儿子不遵守课堂纪律，给其他学生做了不好的示范。他们的对话几乎进行不下去。

国际学校的学年分为三个学期。到第二学期快结束，她儿子就表示第三学期坚决不去上学了。期末成绩出来后，儿子各科成绩都下滑，数学更是一落千丈，从班上前几名到了差不多最后几名。她开始真正忧虑起来，担心儿子就此对数学失去兴趣，那将是无法弥补的损失。而以她儿子的水平和智力，甩下三个月学校的功课，不会造成特别严重的后果。

她跟先生反复磋商后，决定承受这一风险，尊重儿子的意愿，第三学期不去上学。他们已动了给他转学的念头，那一段时间，也恰好是他们将转往希腊任职的时期。三个月后，他们转往希腊，到了 9 月份，她儿子顺利进入希腊的坎普国际学校，成绩衔接没问题。自那以后直到高中毕业，他再也没有提过不去学校的事了。

寻根之旅端正身份认同

她儿子就读的国际学校，无论在斯里兰卡还是在希腊，同学家庭都非富即贵，像他们这样的普通家庭少之又少。到了希腊后，她儿子开始在家庭、社会、身份、族群等认知方面有了意识，不断追问他们家庭的定位，她和先生从一开始就坦承他们属于工薪阶层。随着儿子对各种阶层的了解，他们的讨论也逐渐朝深层次发展。有一次在他们再次陈述他们属于工薪阶层后，儿子追问了一句：连中产阶级都不是吗？

联想到近期他们的各种讨论，她立即感受到她儿子对自己身份的焦虑。她觉得是时候带他进行“寻根”之旅了。她先生老家在河北保定清苑的一个小村庄，距离北京较近，儿子出生后，他们每年都会带他回去看望爷爷奶奶，因此儿子对父系一支并不陌生。爷爷奶奶家附近，在抗日战争期间曾是日军的一大据点，爷爷 7 岁的时候就曾经被迫去给鬼子修炮楼；而她先生读高中的冉庄，就是当年打地道战的地方——这类历史与故事，儿子耳熟能详。这次她计划带他去的，是追寻她这一边的血缘关系，即带他回贵州——她的老家。

当然她儿子也是去过贵州的。但那时候他还小，他们仅去了贵阳、毕节等市镇，而没有去外公的出生地，那是位于威宁县内云贵交界大山深处的一个偏远山村。

她哥哥特意安排了家族里一位学历史的堂弟与他们同行。堂弟带他们一路参观位于威宁近郊的刘氏宗族坟山，欣赏因出了文、武举人而立的牌楼等，同时给他们讲解他几十年来对刘氏家族历史的研究成果。

她父亲姓刘，曾曾祖父却姓保，系一段为报恩改姓的故事。过去都道保氏是汉族，堂弟却说，保氏是从内蒙古逃过来的，不仅是蒙古族，经查证，还可能是成吉思汗的第二十几代孙。

听到此处，她跟儿子一起惊掉下巴，这故事的后半段，连她也是第一次听说。

辗转到了老家，跟她几十年前记忆中的情景没有多大改变。因为他们的到来，老家宰了牛，跟过节一样热闹。

儿子看牛撵鸡听故事，跟同龄的亲戚们追逐打闹，玩得很开心，直到他由她先生领着去上了一次厕所。地道的、农村的厕所，儿子已经在爷爷奶奶家见识过，虽然简陋，没有冲水，但好歹蹲位与粪坑分开，周围有草木灰和煤灰，随时遮埋，维持着最低水准的卫生和体面。但她老家的厕所，是粪坑上搭几块木板，依赖粪便生存的蛆虫密密麻麻蠕动，历历可见。尽管学过生物课，了解各种食物链的原理，但真切的情景还是把她儿子惊到了。如厕回来，儿子脸色发白，跑到她身边，耳语着告诉她他之所见。她拍拍他的手以示安慰。

回北京的路上，儿子跟她讨论在老家的所见所闻。他问她：咱们算是皇族吗？她笑了，告诉他姑妄听之。别说没有确凿的考古证据，即使有，成吉思汗嫔妃无数，真正的史料未必是值得骄傲的历史。

她告诉他："我带你回老家，是要你知道你父母是从什么地方出去的，你家族的血缘在哪里。无论将来你走多远，都需要记住自己的根在何处。含着金汤匙出生的孩子永远是少数，作为普通家庭的孩子，你已相当幸运，不仅从小能用抽水马桶，更重要的是能够接受最好的教育。"出身只是一个方面，她说，最重要的是掌握知识。知识是人类进步的阶梯，这是针对群体而言；对个人，知识是改变命运的根本。她儿子不无触动，连连点头。

以"思无邪"的态度对待感情萌动

在第二生长高峰期里，有一项重要内容总是被有意无意地遮蔽，或者扭曲，那就是性发育成熟。而伴随性成熟过程的，便是对异性产生兴趣，出现春心萌动。这是自然进程，父母任何形式的横加干涉都是反自然的，往往费力不讨好。

对儿子的性教育，她一直秉承公开、科学、就事论事的态度。儿子大概9岁时，他们回国休假，一家人在超市采购，她先生拿避孕套时被眼尖的儿子看到。“爸爸，你怎么还做这件事！”她说她儿子从来口无遮拦。有意思的是，生性腼腆的先生居然面红而语结。她赶紧救场。“不做这事，怎么会有你？”她反问儿子。

“不是，”儿子争辩，“我以为有我之后，你们就不再做这事了！”她忍不住笑了，“要是那样，怎么还会发明避孕套呢？”儿子说：“哎，真是啊。”遂不再追究。他那种思无邪的样子，跟询问汽车、蜗牛没有区别，从而又一次让她明白，跟孩子谈论性的话题时，态度欠端正的往往是成年人一方。

儿子进入青春期后，她有意识地加强了这方面的教育，但绝不刻意，避免适得其反。到希腊不久，世界艾滋病日当天，她和先生受邀参加了一个“红丝带”活动。该活动在一家书店里举行，参加者除了记者，还有专家、医护人员、志愿者及未透露身份的患者，大家畅所欲言，气氛良好，他们很受教益。

回到家，她儿子放学后，他们照例互相询问彼此的情况，她告诉儿子这个别致的活动，并把活动上得来的宣传手册和包装别致的避孕套当作礼物送给他。儿子说他们学校当天也举行了相应活动，不过规模不大，只请校外人士做了一个讲座。说完就把她给他的东西带回自己房间研究去了。第二天早餐时，儿子还就资料简单跟他们讨论了一下，但把避孕套还了回来，说："我暂时用不着，给爸爸吧。"

这一时期，儿子有了社交需求，每逢周末，会跟同学或朋友相约，或到商业街区逛、吃，或到某个同学、朋友家聚会。她告诉他，男孩同样需要防色狼，然后给他定一些安全规则，诸如手机要始终开机，同时向她提供一两个其他人的手机号码，确保不会失联；外出尽量结伴而行；以及，不管多晚多辛苦，她一定等着，在他们散场时把他接回来。

以此为契机，她还给他定了一些对待女孩的规则，比如时时关注一起外出的女孩，避免她们落单，出现意外；要是夜里女孩归家无人来接，一定要约几个男伴一起送她回去，或者直接通知她，她会开车协助他们，等等。总之，就是告诉儿子：第一，懂得尊重、保护、体贴女孩的男孩，才会真正赢得女孩的信任与喜爱；第二，遇到紧急情况，父母是最能提供帮助和支援的大后方，一定要毫不犹豫地向父母求助。所幸儿子在各种聚会中并没有出现紧急情况，但他跟她的信任关系却越来越牢固。

儿子慢慢有喜欢女孩的趋向了，当然是懵懵懂懂的那一种。对方是他的同班同学，名叫费，一位学霸女生，各方面都优秀，令她儿子佩服不已。同时喜欢费的还有她儿子的铁哥们儿阿历克斯。三个人都加入了模拟联合国辩论队，代表坎普学校参加跟其他国际学校对抗的辩论赛，最后要在几个优秀辩论队中选拔优胜者，重新组队代表希腊到英国参加国际高中生辩论赛。费是他们几个人中无可争议的第一辩手。

那次她和先生一起送她儿子去参赛。儿子开始同意他们观看他的辩论赛，到了赛场却又反悔了，于是他们就跟同样被女儿拒绝的费妈妈在校园里闲聊。费妈妈其实也知道她儿子和阿历克斯都喜欢费，但也跟她一样，完全持观望态度。

她儿子和阿历克斯很快被淘汰，费却过关斩将，进入决赛。大家都等着替费加油，期待她最后能够胜出。不幸的是，费在最后被刷下，无缘代表希腊参赛。大家都觉得费已经做得很好了，但个性要强的姑娘却哭着冲出了赛场。儿子和阿历克斯立即迎上去，陪着费在校园里走，安慰她、鼓励她，给她递纸巾擦眼泪……她和费妈妈远远望着，两个男孩笨拙、真诚、手忙脚乱的样子，至今历历在目。

后来，费因为父母的工作而返回加拿大，离开了希腊。不久，阿历克斯去了黎巴嫩，接手家族生意。这个有趣的铁三角关系自然解除。之后她儿子还经历过类似的感情萌动，她和先生都采取同样的态度，顺其自然，结果也都无疾而终。

令人提心吊胆的青春期很快就过去了。她儿子过了18岁，高中毕业了。在等待大学录取期间，一次她和先生去附近的奥特莱斯闲逛，在那里的餐厅吃午饭。点餐后，她先生到楼上洗手间洗手，她对儿子说："你也去吧，我看包。"她儿子应承着，站起来，但想了想又坐下，说："我还是陪着你吧，等爸爸下来我再去洗。"她说她顿时眼眶发热，忍不住感慨道："儿子，谢谢，你真的长大了。"

是的，他长大了，长成一个懂得负责任的年轻人，虽然距离"teen岁月"的结束还有一年，但她却完全可以放心、放手了。

中产母亲的困惑：以爱的名义

卡生

在“天空之城”社区里，“母亲”这个身份是女人们扮演的唯一角色，所以，孩子的成绩成为她们互相竞争的砝码。韩书真的二女儿对韩书真说了一句话：“你觉得你是在为我好吗？难道你不是为了满足你自己的炫耀吗？”一语击中，韩书真的嘴角轻轻颤抖了一下。作为一个曾经受过高等教育并在大学里任教的老师，为了家庭，她不得不辞掉自己有前途的工作以辅佐自己的丈夫，把两个女儿培养成 SKY 的优等生是她这辈子唯一的夙愿。她就像一个上了赌桌的赌徒，手中的砝码只有女儿的成功，除此之外，她什么都看不见。

以爱的名义

2019 年，韩国推出了电视剧《天空之城》。为什么叫“天空之城”？ SKY，英语单词表示“天空”，三个字母正好是韩国排名前三的首尔大学（Seoul National University）、高丽大学（Korea University）、延世大学（Yonsei University）的缩写。在这个叫“天空之城”的虚拟社区里，四个中产阶级家庭和他们的孩子，说尽了中产阶级的焦虑和恐慌。

“我都是为了你好。父母怎么会害你？”

“你怎么就不能理解父母对你的爱？”

“你对得起我们为你的付出吗？”

剧中的这几句话听上去是不是特别熟悉？当我们还是学生的时候，父母就经常这样跟我们讲；当我们自己做了父母，大概也会这样告诉我们的孩子：这话听上去好像一点毛病都没有。

《天空之城》里的高端社区，依山傍水，环境优美；住在这里的四个精英阶层家庭，男主人有优越的工作（医生、教授），女主人漂亮优雅，孩子们健康快乐；大家互相关心，彼此分享教育孩子的心得，每周开展一次读书会。生活真的这样美好吗？不，在这其乐融融的背后，其实暗流涌动。生活的序幕就像一块精致的蛋糕，甜蜜而有毒。

在电视剧的第一集里，英才不负众望考上了父母期盼已久的首尔医科大，英才的父亲朴昌秀作为医院的准院长终于松了口气，母亲明珠成为社区里所有女性羡慕的对象。街坊邻居为英才举办了一个奢华的舞会，四个家庭齐聚一堂，一番祝福背后，主要是为了争夺英才高中三年的学习笔记。就在英才开学奔赴大学未来生活的当天，他留下了一个 iPad，里面有高中三年来的日记。这成为整个故事发展的线索。随后，为孩子辛苦了十九年的英才的妈妈明珠，在一个下雪的深夜，举枪自杀……

真正的故事就从这里开始。明珠的自杀震惊了所有人，她是多么幸运和骄傲的母亲，到底是什么事，让一个母亲抛下家庭和有出息的儿子，用一把枪解决了自己的生命？“天空之城”就这样从母慈子孝的表面风光中跌入谷底。那个被所有邻居羡慕的好学生英才，在日记里曾这样写道：和父母生活在一起就像生活在地狱，你们需要的录取通知书我已经给你们了，而我要和你们断绝关系，这是给你们最好的复仇礼物。

英才是个表面逆来顺受、内心叛逆的少年。不知情的观众看到这里，一定觉得英才的父母是这场悲剧最大的受害者，但英才是如何走到今天这步的，这才是这个电视剧要拨开层层迷雾去探讨的东西。父亲一言不合就对儿子动粗，美其名曰棍棒底下出人才；母亲明珠相信，以爱的名义，可以动用任何手段去激励英才延续父辈的成功之路，所以她花费巨资为英才请了专业教导团队每日每夜监测英才的学习进度，而辅导老师则利用英才对自己家庭的憎恨，让他突破自己的极限考上大学。

那么，让我们来看看得知这个悲剧的其他家庭都做了什么。邻居韩书真在知晓明珠死亡的原因后，于短暂的犹豫后，依旧聘请了英才的老师来辅导自己中考第一的女儿，因为她坚信：这样的教育悲剧不会出现在自己的女儿身上——悲剧的发生是英才的性格所致，而自己的女儿有着一往无前的决心。剧中的辅导老师在这里倒是说了一句真话：“每个家长都自以为了解自己的孩子，然而这只是一个假象。”

韩书真这个人物角色在剧中有许多矛盾点，她掩盖了自己低微的出身，谎称自己出生在银行行长的家庭，终于凭此嫁了一个医生丈夫。她好不容易才挤进精英阶层，怎么能让女儿输在起跑线上？对自己女儿的教育，她卖力而偏激，在她看来，人生只有一个通道通向成功，那就是考上最好的大学，这样才能延续这一代人的风光。

另一个家庭的车教授对自己的双胞胎儿子恨铁不成钢，但非常欣赏韩书真争气的大女儿，所以利用周末时间为“天空之城”的孩子们开设了读书会，由母亲和孩子们一起参加，并请每个人汇报读后感。这听上去好像没什么毛病，还有点素质教育的意思；但看看书单也是吓人——《乌合之众》《论法的精神》《自私的基因》《查拉图斯特拉如是说》。而在读书大会上，不允许有任何异己的思想出现，所有的读后感，车教授只赞同一个理论：“生而为人，必须成为一个利己主义者，这是由人类自私的基因决定的。为了成功必须要战胜所有的竞争者，即使他是你的兄弟，与竞争比起来，友爱是一个次之的答案。”看着让人不寒而栗。

《天空之城》开播以来飙升的收视率和不断攀升的评分，除了因为扎实的剧本和阵容豪华的卡司外，还因为题材像一把刀切入了现实。

母亲这个“身份”

近几年，韩国的电视剧和电影市场多了许多反思现实的佳作。虽说这是一部教育题材的电视剧，里面其实还有一条暗线——女性成为母亲之后的“焦虑”感。这是一个从女性视角出发的剧本，通过女性视角来讲述中产阶级的焦虑。

令人印象深刻的一幕戏是，银行 VVVIP 的会员会获得银行提供的高级会员服务——给家庭提供全国最好的高考辅导老师。这些老师可不仅仅是给孩子补课，而且全面评估孩子所有的学习和生活状态，譬如把墙上的画换成蒙德里安以提高注意力，在卧室里造一个封闭小屋模拟考试现场，学习不同的学科时采用不同亮度的灯从而将效率最大化，高中三年严格控制食谱……打造一个“成功的孩子”，成了一个为打造最完美机器人的流水线现场。

不仅父母们要花费巨额的辅导费才能请到这样的辅导老师外，辅导老师也需要反向挑选有潜力问鼎成功的家庭：有工作的母亲不选，因为不能为孩子奉献一切；全职妈妈也不选，光让孩子接受家庭教育怎么行。那么选择的困难之处便在于：作为母亲，能保证绝不干涉，把教育的权利全部交给老师吗？这部剧最重要的一点，是试图讲述女性成为母亲之后的选择困境——为孩子，为家庭。女性的牺牲是如此理所当然，却没有人会苛责一个父亲疏于管理孩子，因为他们承担了赚钱养家的职责。但现代社会，多少女性成为母亲之后，一方面和男性一样赚钱养家，另一方面教育孩子的事情也不能疏忽？

在“天空之城”社区里，“母亲”这个身份是女人们扮演的唯一角色，所以，孩子的成绩成为她们互相竞争的砝码。韩书真的二女儿对韩书真说了一句话：“你觉得你是在为我好吗？难道你不是为了满足你自己的炫耀吗？”一语击中，韩书真的嘴角轻轻颤抖了一下。作为一个曾经受过高等教育并在大学里任教的老师，为了家庭，她不得不辞掉自己有前途的工作以辅佐自己的丈夫，把两个女儿培养成SKY的优等生是她这辈子唯一的夙愿。她就像一个上了赌桌的赌徒，手中的砝码只有女儿的成功，除此之外，她什么都看不见。

我有一个已成为母亲的女朋友看过这个电视剧，她告诉我，这个剧里的母亲角色塑造得并不浮夸。现实生活里，她孩子的学校就规定母亲必须加入孩子家长会的群，该群里孩子的进步和退步是作为母亲价值实现的唯一标准。唯成功论的后果就是，在这个群里不得不付出百分之百的努力去讨好老师，并且为攀比着加入什么样的课外活动、如何成为一个好母亲而焦虑，这让我这位朋友很快就患上了抑郁症。

这种“母亲”角色的焦虑是中产阶级焦虑感的缩影。2016年，哈佛大学教授罗伯特·帕特南（Robert D.Putnam）教授和他的团队研究了107个美国出身于工人阶级和中上层阶级的年轻人，出了一本书叫《我们的孩子》。这个跨阶层研究表明：上圈层的孩子们全部延续了父母辈的优秀基因和传统，占据着上圈层的社会地位；中产阶级的孩子们除了极少数通过自身努力挤进上圈层外，其余的维持了中产现状；而对于下圈层，进阶到中产阶级显得更为困难，大部分依旧在下圈层徘徊。

从这个角度来说，中产阶级的焦虑感是最严重的，对于孩子的未来也付出了最多的期望。上圈层的人脉和资本让这一圈层的孩子道路平坦；下圈层的进阶道路困难重重，抱希望的人不多；但中产呢？他们担心因为自己的小小疏忽，连阵地都守不住，于是把进阶上圈层的理想全部都寄托在了孩子身上。来自精英社会的世袭保卫战在《天空之城》里被演绎得惟妙惟肖，“天空之城”的一个孩子欢迎另一个家庭的孩子到来时，说了一句：“欢迎来到地狱。”

《天空之城》中的男性角色在剧中似乎是一个点缀，但是也从另一个角度呈现了整个东亚社会（韩国、日本、中国等）的男性典型——他们相信门第、家世、世袭，这也让他们在教育子女的过程中，更信奉东亚教育体系，一切都以考入著名大学为基准。他们发自内心地认为，只有进入最好的大学，才具备进入上层社会的资格。

以韩国为例，韩国70%的大企业总裁毕业于SKY，80%的司法机构公务员也来自SKY。这无疑是一组漂亮的数据——进入SKY就成为获得成功的不二法门。这样的现实境遇，不仅是韩国，在日本、中国也是凸显的。

曾经获得诺贝尔物理学奖的中村修二就抨击过东亚教育体系，这位出生在渔民家庭、考试成绩平平、毕业于日本三流大学的普通孩子，通过自学和实践，打破了东亚教育所信奉的那套规则。他说，日本、韩国、中国，亚洲系的教育只注重分数，这样的教育体制是浪费时间，年轻人应该学习不同的事情。

所以有许多看完了《天空之城》的中国观众说，中国应该翻拍这部剧，我们正在经历着电视剧里的一切——尤其是母亲角色以“爱”的名义的焦虑感。

亲子之间：多一点宽容和理解

徐菁菁

今天“70末、80后”这一拨中年父母追溯自己的童年，正是为了学会一种更好的爱的表达方式。这不仅仅关乎我们对下一代的爱，也关乎我们这一代人之间的和解。“我们对待我们的孩子可能是一腔热血，但将来他们会如何评判我们呢？”关梅林说，“作为一个母亲，如果我的孩子未来依然觉得我做得不够好，我希望他能给我一点宽容和理解。这也是我们对待我们的父母应有的态度。”

新一代父母

林月（化名）给我看她的微信群，她参加了15个妈妈群，数百位父母在里面交流自己的育儿心得。林月怀孕的时候，就参加过十多次关于儿童养育的课程和讲座。孩子出生后，她学了小儿推拿。孩子3岁左右，她发现她教育孩子“基本靠吼”，于是上了正面管教培训班。再往后，职场和育儿争夺精力，“为了在有限的陪伴时间里提供更优质的母爱，而不只是给孩子糖果”，她又学习了思维导图和效能管理。

和我见面的这天，王雨（化名）觉得自己的精力和体力已经被拉扯到了极限。她把自己必须在单位完成的工作都安排在周六周日；周一到周五，尽量在家里办公。每天，她凌晨2点入睡，6点起床为孩子准备早餐，送孩子上学；早上，她在家完成工作；下午2点是为孩子准备晚餐的时间；3点半，所有菜肴被装在饭盒里，王雨带着它们去学校；4点，孩子放学上车，开始在车上享用晚饭；晚饭后，母女俩的下一站是小提琴老师家。

林月和王雨的生活是新一代父母的日常。从2005年到2015年，中国迎来了第四次生育高峰。这一轮“婴儿潮”在绝对数值上并不引人注目，特殊之处在于，20世纪70年代末和80年代出生的新一代父母正式走上了育儿的前线。

普遍存在的“育儿焦虑症”早已有之。客观上，优质教育资源的稀缺带来竞争焦虑，多元化社会出现的种种教育选择带来了选择焦虑，以及知识信息的爆炸，使得每个教育细节都被置于放大镜下，令新一代父母无所适从。

但育儿焦虑的根本，在于对成为“完美”父母的渴望。中国青少年研究中心研究员、家庭教育首席专家孙云晓说：“今天的父母，比以往任何时代的父母都更爱思考‘如何做好父母’这件事”。

如何做好父母？回答这个问题的基础在于解释另一些问题：我们如何看待童年？我们认为孩子应当拥有何种童年？

我们或许没有养育孩子的经历，但每个人都有关于童年的经验。林月观察到，在各种微信群里，谈到孩子们的教育，爸爸妈妈们最常提到的一个词是“原生家庭”，最常使用的一个句式是“我小时候……”，经验的投射几乎成为一种势不可当的力量。

童年在以两种不同的方式影响着我们对孩子的教育。你或许有过这样的经验：多少次，你对孩子脱口而出的话，会让你猛然想起这是小时候父母对自己说的。英国发展心理学家约翰·鲍比（John Bowlby）在 20 世纪 80 年代提出，儿童时期与父母交往的经历使个体形成了有关自我与他人的“内部工作模型”（Internal Working Model），这种模型将成为个性结构的一个组成部分。在这一内部工作模型的“指导”下，人们在成为父母之前已经“知道”学习其父母的角色，存在着一种扮演其父母角色并重复自己儿童经历的趋势。

一些实证研究显示，与儿时被父母接受或感受到父母温暖的个体相比，儿时受到父母拒绝或出现攻击性反应的人，在为人父母之后通常对孩子的需求和信号不敏感，不能正确理解孩子的观点，并且常会因为孩子的哭闹等焦虑信号体验到压力和威胁，进一步采取体罚等严厉管教的行为。于是，一些抚养方式会像遗传一样呈现代际的延续。

童年对我们的另一重影响，在于我们常常会从童年的经历中去寻找解释自己的素材。这些素材可能并不完全来自记忆，也可能并不完全真实，但作为我们建构的“个人叙事”，它会指引我们的行为，勾画我们未来的方向。这些素材也构成了我们对“如何做好父母”这一问题的重要理解。

我至今依然记得，年幼时，母亲如何用温柔的语调给我朗诵童话故事，我们如何一边洗澡一边背诵着“返景入深林，复照青苔上”。成年之后，我将自己对文字的兴趣归功于这些早年的经历，也数次期许，未来也要让我的孩子从小体味到文学之美。

硬币的另一面是，世界上可能并不存在“完美”的童年。理想童年的拼图总有那么几块遗失，那些或多或少的童年缺憾或伤痛就像消极的回声，长久地回荡在我们心间。当我们有了自己的孩子，我们本能地决定绝不让他们拥有相同的遗憾，遭遇同样的创痛。

决定去上正面管教培训班的时候，林月的目标很明确：不能让儿子像自己一样在怒吼声中长大。送女儿学习小提琴的王雨自己也有过音乐梦，当年她曾垂涎一架 18 元钱的玩具电子琴。古越成长经历中最大遗憾的在于“没有做自己”，她心里铆足了一个信念，她要对未来的孩子发出宣言：“无论你以后成为什么样的人，无论你高考超过 600 分还是低于 300 分，无论你当个 10086 话务员还是神舟宇航员，无论你是个同性恋还是想娶妓女，无论你去非洲当无国界医生还是入党做税务专员，无论你买比弗利山庄还是一辈子租房，我们都永远爱你，并且大门永远为你敞开。”

回到童年

2016 年 12 月 28 日，《三联生活周刊》在微信公众号上发布了一条征稿启事，邀请“新一代”父母来谈谈他们的童年，以及这些童年际遇如何影响着他们今天对孩子的教育。出乎意料的是，短短十天时间，我们收到了超过 400 封来稿。

并不那么出乎意料的是，这些来稿中有一些是包含脉脉温情的，但更普遍的，是对童年特别是对家庭生活的深深叹息。我们这批“70 末、80 后”出生的人，父母口中“最幸福的一代”，在谈到自己的童年时，却鲜有扎实的幸福感。一些人的遗憾在于父母并没有对自己的成长赋予太多的关注，另一些人则纠结于父母见缝插针的管教令人窒息，殊途同归的是，两种类型的痛点往往都在于一些未能被满足的和正确回应的情感需求。

父母轻描淡写的几句话能让我们的委屈至今横亘心间。

慕荣还记得十五年前那个北方冬天刚刚擦黑的傍晚，她拿到在 80 名同学的大班里排名第 15 的成绩单。“考成这样还高兴呢？”妈妈说。“妈妈在前面走着，不牵着我的手，没有跟我多讲一句话。县城的街道坑坑洼洼，我跟在她的身影后亦步亦趋，踉踉跄跄。隐约中，我明白这是一场沉默的惩罚。”但另一方面，我们亦能体味到父母的点滴苦心。

有人还记得：“我有一次淘气，妈妈生气地拉着我回家，刚要斥责，突然看到邻居小朋友扒在窗台看热闹。于是她压下火，把我抱在腿上，耐心给我讲道理，我似懂非懂地点头，依偎在她怀里。这一幕我至今记得，每每想起，仍然很感念母亲当时的做法。”

作为子女的我们为何似乎特别敏感？母亲对我回忆她的童年，总是些忆苦思甜的教育。我很小就记住了“刮锅”这词——饭勺刮着锅壁，发出“尖厉”的声响。童年时的母亲听到这样的声音，就知道锅里的吃食盛光了，难过得哭起来。从小到大，我从没挨过饿、受过冻。上大学的时候，每次返校，行李箱几乎要被各种食物塞爆。直到今天，回到父母身边，一顿好菜好饭仍是他们表达爱意的最重要方式。前不久我从家里回北京，父母还试图让我带一兜橙子上飞机。经过一番“讨价还价”，最终以两个苹果成交。“有一种饿叫你妈妈觉得你饿，有一种冷叫你妈妈觉得你冷。”今天看到这句网络流行语会心一笑的人，大概都有相似的经历吧。

然而，这些幸福却无法抵御内心的纠结，童年的我更渴望另外一些东西：那些被我饲养和宠爱过的动物，不要成为家里的盘中餐；考试没考好之后，父母能对我温柔一笑；在批评我之前，能先倾听我的解释；能多问问我："你过得开心吗？你的烦恼是什么？"

亚伯拉罕·马斯洛（Abraham Maslow）的需求层次理论或许能够提供一种解释。"'70末、80后'父母一代的注意力更多地放在物质生活的满足上。那时候的人们可能真的觉得吃饱饭就是人生最大的幸福，能够生存下来、能够生活就是幸福。他们可能受制于时代，没有办法，也没有精力去探索精神需求。"中国科学院心理研究所教授关梅林说，"但对下一代来讲，物质已经得到满足，他们必然会探索更高层次的需求，谁还天天为吃饱饭而高兴呢？时代背景不同，人的需要和注意力也会发生变化。我们关注的东西是他们不曾关注的，是他们不知道如何满足的，同时也是他们匮乏的。他们没有办法回应我们，就使我们产生出了匮乏感。"

中国青少年研究中心家庭教育首席专家孙云晓说，在我们成长的时代，中国社会的儿童观也在剧烈地演化，新的儿童观也会使我们在对童年记忆的建构中产生出不同于父母一代的解读。

中国台湾地区学者熊秉真在《童年忆往——中国孩子的

历史》中，谈到过去几千年中国主流儿童教育的特征：在理论体系和价值观上，儿童教育有一套“成人中心”或“家长制”的设想，儿童教育带有强烈的“功能论”和“目的至上”的特质，认为整个人生的意义在于做一个“有用的人”（而不是一个幸福的人，追求快乐人生，充实满意或健康活泼），更重要的是，它认为，儿童的存在是为了变成大人（当然最好是一个成功而有用的大人），至于童年阶段本身，未必有特别的意义。正因如此，中国儿童教育的“道德色彩”浓重，要小孩从小就学会清心寡欲、省吃俭用、轻声慢动，“举止俨若成人”。

而今天，许多父母都倾向于接受“儿童中心论”，赞同苏霍姆林斯基的定位：“童年是人生最重要的时期……是真正的、灿烂的、独特的、不可重现的一种生活。”我们既希望孩子能够为成人生活做好准备，也强烈希望呵护他们的童真，不愿忽视他们作为儿童的当下的幸福体会。

林月 2017 年加入了一个叫“更好母亲”（Better Mum）的微信群。组织微信群的心理学家每周给妈妈们开设一节在线课程，课程的具体内容是大家投票选出来的。在目前制定的涵盖五大纲目的课表中，“孩子的学习能力篇”排在最后；排在最前面的是“亲子关系及教养方式篇”，其内容包括“从沟通上如何建造亲子关系”“如何修补已破裂的关系”“自由和规矩”；讨论最多的是“孩子心理成长篇”，涉及“高要求宝宝的亲子需求”“让心里安详的‘安全教育’”“批判性思维”等。

儿童观的变化只是我们所经历的时代剧变的一个缩影。1970年，美国文化人类学家玛格丽特·米德（Margaret Mead）出版了《文化与承诺——论70年代各代人之间的新关系》一书，首次对“代沟”理论做了经典而系统的分析。

玛格丽特·米德认为，有的文化演变十分缓慢，属于“未来重复过去”型，也称“后喻文化”，其基本特征是成年人的过去表示着新生代的未来，以至孩子是长者的身体和精神、土地和传统的后代。有的文化则演变得很快，属于“现在是未来的指导”型，也称“互喻文化”，其基本特征是每一代人的行为不同于父辈，以至于强调青年人向同辈人学习。她进一步指出：在“互喻文化”的历史阶段，因社会的运行节奏明显加快，承载的信息量成倍递增，促使新一代因敏锐、活跃而崛起，新老两代人因其地位转换涉及种种观念和利益的抵触，便构成代际间的分歧和冲突。

很显然，我们对于童年的解读充满了时代冲突的烙印。不少妈妈在来稿中都提到“美”的缺憾。冒茜茜对着镜子洗脸，她妈从旁边走过，看着她语重心长地说：“你可别以为自己很漂亮……”她记得，那时学校有个音乐老师，经常穿着自己设计裁剪的裙子去弹钢琴，包括冒茜茜自己在内的孩子们，都背地里叫她“妖精”。连孩子们都晓得，“在那个灰突突的小县城，她实在是太突兀了。”而如今，冒茜茜却为自己的不太会打扮感到“非常不自信”。她“远隔几千公里、几十年，找到当年那位音乐老师最近的视频”，看到“已年过六旬的她，身材还是保持得非常好”，冒茜茜的心里充满感动：“我想，她这一生，过得真明白、真勇敢、真美好。”

孙云晓把“70末、80后”与他们父母之间成长环境的变化称为一种“质变”，而“70末、80后”与他们的孩子相比，成长环境的变化只称得上“量变”。“物质”与“精神”、“集体主义”与“个人主义”、“传统文化”与“西方文化”，一切尖锐的对立都在“70末、80后”这一代人的身上展开。我们的父母以他们时代的文化养育我们，而我们却走向了一个完全不同的时代。这些都势必让我们对自己的童年际遇产生深刻的反思，对“如何做好父母”产生不同的理解。

今天，我们追溯自己的童年，吐露那些无助、委屈和遗憾的时刻，绝不是为了把我们的父母推上审判席。事实上，无论我们多么感慨未能完满的童年带给我们的困扰，但我们中的绝大多数人依然知道我们童年的底色是深沉的爱，那些爱依然最能带给我们泪流满面的感动和力量。

关梅林说，在咨询过程中经常出现这样的情况：“一方说我很爱你啊，另一方说请你用我需要的方式来爱我。”她很不赞同这样的观点，“我只要爱你，你就能够感觉到爱。我想绝大多数父母都想成为好父母，但是成为好父母是需要知识和技能的，爱的方法是需要学习的。”

今天“70末、80后”这一拨中年父母追溯自己的童年，正是为了学会一种更好的爱的表达方式。这不仅仅关乎我们对下一代的爱，也关乎我们这一代人之间的和解。“我们对待我们的孩子可能是一腔热血，但将来他们会如何评判我们呢？”关梅林说，“作为一个母亲，如果我的孩子未来依然觉得我做得不够好，我希望他能给我一点宽容和理解。这也是我们对待我们的父母应有的态度。”

Part 3

傲骨之战

就像青春期一样，中年也是一个动荡阶段。个人的身体、心智和自我都会经历全面的再评估，关系、角色、欲望和方向也值得思考。所谓“中年危机”，是人生的变化一浪又一浪打得人措手不及。那么就地被浪花打蒙下沉吗？总有人乘风破浪。

掌控力，女性傲骨之战

杨璐

中年人站在人生抛物线的顶端，俯瞰懵懂向上攀爬的年轻人和无可奈何花落去的老年人。这本来是人生中最有掌控力的阶段，但同时也要面临多重任务的同时推进：事业能否更上一层楼，孩子怎样在学业竞争中脱颖而出，夫妻关系如何走过倦怠期，父母怎么安享晚年。有人觉得自己能够主宰命运，也有人面对眼前的混乱束手无策并且恐惧将来。中年危机是不是一部以糟糕为主题的连续剧，取决于人们如何看待自己的掌控力，如何处理自己与周围环境的关系，以及自己从前的储备。

中年危机来自人生换挡

王潇本人比照片看上去更加紧致和矫健。她穿着紧身吊带背心、紧身牛仔裤，不仅没有赘肉，肌肉的形态也美，很明显是刻意练习和长期控制的结果。这样精心雕琢过的肌肉经常出现在专业健身教练的身体上，可王潇是一名公司创始人，也出版过畅销书。几年前，她开始举办“和潇洒姐塑身100天”活动和马甲线大赛。她跨界却拥有好身材，大概因此让人们觉得好身材不是一件可望而不可即的事情，从20多岁的微胖女郎到40岁出头的“二孩”妈妈，总有人跟着她每日训练。

王潇2019年刚好40岁了。她微博上的状态是笑容满面地开会、游学，穿着比基尼与20多岁的女孩合影，身材一点儿也不输，也有跟丈夫、女儿相聚的家庭时光。每一张照片都漂亮并且充满力量。王潇说："人一没劲儿就麻烦了，站不直，没自信，感觉撑不起来，事情搞不定。你看描写中年危机的作品经常从身材失控开始。我的40岁不从这里切入，我没有膨胀，衣服都穿得上。我高高兴兴的，还有劲儿。"

社交媒体上对于40岁的描述却不总是呈现这样美好的图景。看一看那些因为太扎心而获得广泛转发的内容，婚姻问题是"白天是夫妻，晚上是邻居"，子女问题是"逼疯一个中年人，就让她陪孩子写作业"，工作问题是"中年女性被离职记"。甚至刚到35岁，就已经是"中年职场危机，人生下半场的困局"。除了这些普遍的困境，健康亮红灯、父母常生病也属于雪上加霜的状况。

两相对比，王潇微博上展示出来的状态宛如身在迪士尼乐园。她在微博上拥有263万粉丝，被很多女性看作励志偶像；同时也有人认为，这是时下流行的一种人设变现。她创立了一个叫作"趁早"的品牌，售卖效率手册、健身衍生品等，一切指向女性成长与励志。这两种对待中年的"舆论"让我由衷好奇，难道我几年后的生活就是爆款公号里那些糟糕故事的叠加，而散发活力的过法只能是数字化的海市蜃楼吗？

中年生活到底是什么样子的？剑桥大学临床兽医解剖学家、圣凯瑟琳学院艺术与人文领域研究员大卫·班布里基（David Bainbridge）并不把中年看得悲观。他写了一本书叫《中年的意义》，书的中心思想是：中年不是最近几十年的文明新发现，而是数百万年演化出的完美礼物。他把中年界定在生育期的尾声和明显衰老到来之前，大约对应的年龄是40—60岁。从进化生物学的角度来看，女性在生育期尾声和结束后还能活很久，男性虽然生育期很长，可他常常跟生育期结束的伴侣生活在一起，这是一种自主绝育。这种中年状态是人类独有的。自然选择塑造出这个阶段，是将中年人推向了人生的巅峰，并赋予他们无可取代的重要地位。

形象地讲，人生像一条抛物线，40—60岁的中年就是抛物线的顶端部分，这是人生中第一次面临上坡和下坡并存的阶段。在生理意义上，“生命时钟”正在嘀嗒嘀嗒往前走，大脑处于认知的高峰；同时，“死亡时钟”却开始启动，逐渐看到衰老的痕迹。正因为“生命时钟”和“死亡时钟”同时运行，中年人的生理和社会角色发生了变化，让中年开启了一个新阶段：中年人从“人类部落”的生育和养育者变成资源提供者和文化保存者。人生的成就，从青春的希望变成实际而无法避免的现实：生育力逐渐衰退，性有了新的意义；感知的时间本质、意义、价值和急迫性都在改变。中年是人类彼此差异最大的时候。

就像青春期一样，中年也是一个动荡阶段。个人的身体、心智和自我都会经历全面的再评估，关系、角色、欲望和方向也值得思考。所谓“中年危机”，是人生的变化一浪又一浪打得人措手不及。那么就地被浪花打蒙下沉吗？总有人乘风破浪。

控制身体的美丽

王潇本科读的是北京广播学院的播音主持专业，它的门槛包括经过筛选的脸和声音。除了这些先天条件，大学四年的训练之一是对镜子中的自己要非常敏感。“你得知道自己哪边脸好看；明白自己的脸宽不宽，需要打阴影还是去做医美；眼线要怎么调整，眉毛的距离要不要拉长一点。你得知道哪个角度、什么表情在面对摄像机和相机的时候是好看的，并且思考到底能控制到什么程度。”

即使这样经过专业训练的外形，依旧要面对岁月危机。王潇说，米兰·昆德拉（Milan Kundera）的小说《玩笑》里面写了一个美女到中年之后，突然发现海滩上迎面走过的男性不再看她了，这是过去岁月中从来没有过的事情。“我看到这段，整个后背都发冷，那一天正是衰老的到来。我也不知道那一天会有多大的恐惧。我是谁，我要去哪儿，我怎么去，在这几件事中，外表是参与其中的。有那么一天，外表不能参与其中了，该怎么办？”

对外表的关注不是肤浅，跟柴米油盐的琐事相比，皮肤和外形的衰老是每个中年人必经的、残酷无情的真相。人类族群从青春期开始建立男女各自的“啄食次序”，人们在这两个社会阶层体系里可能往上爬，也可能往下掉。在决定社会优势的诸多因素中，美貌对女性而言远比对男性重要。男性到了中年可以享受随着权力和地位的增加带来的社会地位的提升，女性的皱纹却把她们拉向相反的方向。班布里基认为，当动物处于阶层体系的底层，会感到不自在或者出现应激反应，比如行为异常、适得其反的社会互动，以及健康状况不佳：女性面对中年产生的恐慌，只是这个问题其中的一个显现。

王潇对抗这种恐慌的办法之一是坚持锻炼，推迟衰老那一天的到来。“中年女性要想年轻，一定要练力量。肉是软的，软了就松弛，往下耷拉。练力量让肌肉纤维增粗，才能把肉撑起来。”王潇说。

她曾经也是个胖子。“我的启蒙老师是我爸。十几岁的时候我习惯性吃撑，我爸跟我认真探讨，让我看清用自己的手拿起勺子，挖多少饭放进自己嘴里，以及何时停止这种事到底是不是可控的。他说，你这个人要是这点事都办不到，就什么也干不成。”王潇说。她后来控制住了自己的食量，17 岁时减掉 22 斤，并且保持到 34 岁生孩子之前。

生育是女性的人生分界线，并且会影响到中年的状态。王潇说，生育就是身材瞬间走形，原来生活中的优先级也要打破重排。“我生完孩子第 12 天就拍杂志照，脸看不出变化，身上全靠紧身衣。使劲勒，然后穿上连衣裙。别人觉得你生完还能这样简直是魔鬼，其实我很清楚勒得多辛苦。我请了专业的教练，花了整整一年的时间才恢复到生育前的状态。”王潇说。

如果说从前保持苗条只是跟馋和懒做斗争，变成妈妈后，这就不是单纯的意志力问题了。它成了一个系统工程，跟心理状况、时间管理、家务分配、自我认知都有关系。王潇当时已经开公司，女儿还在襁褓之中，她依旧挤出时间追求美丽。

“我这个人特别以自我为中心，这么多年优先级里我自己都是排第一位的。我的健身时间和美容时间都没有被取消，我把育儿和家务全外包了。我离开女儿几乎不焦虑，就是如果时间太长，回来发现她长大了一些，或者她有件事我不知道，我会焦虑。我会迅速跟她沟通，这件事让我知道了，焦虑就好了。我同步了她的心情和成长就好，饮食起居不用事无巨细。”王潇说。

王潇强调做自己，她有一本自传就叫作《按自己的意愿过一生》，觉得如果人云亦云，所有人的烦恼最后都会感染自己。“我30岁创业的时候，还没有男朋友。父母从来没有说过，你别折腾了，赶紧找个稳定工作，找个人结婚。我爸给了我50万元的创业启动金。最近几年我才反应过来这些经历对我多重要。我没有耗神在跟别人活得一样上，也没有长辈的意志需要去克服。”王潇说。

她从大学毕业换了几份工作，直到三十三四岁才觉得差不多找到了人生发展的主线。女儿的出生、自己角色的转变，甚至40岁的悄然降临，这些年间的变动全以她的这条主线来分配时间、精力和优先级。

王潇把自己的时间分成好看时间、好玩时间、心流时间、赚钱时间和生存时间。她爱美，不能忍受自己变胖，于是把好看时间放在了优先级的第一位。紧接着的是好玩时间，这个部分王潇用来满足自己的好奇心。“年轻得靠一口真气，世界那么大，别人在干什么你全不知道，怎么能没有好奇心。如果一个人觉得生活不过如此，没有兴趣了解外面，每天只干自己那点事，说明真的老了。”

王潇觉得对自己的生活还很重要的是心流时间，她需要一个完全被带入的、沉迷的时段。“特别是人到中年之后，时间被很多琐事切割了。这种专注的心流时间就特别宝贵，它能让人暂时远离庸常，进行一种灵魂生活。拥有心流时间，是在凡间和美好的精神花园之间的切换。”王潇说。

赚钱和生存时间反倒被放在了优先级的后面。“我没有成为大富婆，可能就是因为把这件事放得比较靠后吧。我觉得赚钱是给好看、好玩和心流时间给养的，不能本末倒置。”王潇说。

中年是一个动荡期，危机来自一种失控。王潇说，原来是个年轻人，大家的焦点都在自己身上。等结了婚，有了孩子，精力越来越分散。如果把自己往后排，这时候代谢变慢了，各个方面出现变化，却没给自己的身心留时间，生活就可能一团糟。她把自己的人生和时间结构化了，而保持身材的紧致和矫健只是这种生活安排的一个成果。

用掌控感抵御中年危机

健身能让中年人身心都注入活力，这不仅因为肌肉推迟了青春的消逝，也因为只要严格坚持一段时间，总会看到效果，这是动荡的中年时代比较容易获得掌控感的行为。掌控感对中年人非常重要。行为学家认为，借着动物对环境的掌控程度，比如自觉避免疼痛和困乏，或者寻觅资源和舒适环境，可以衡量动物的幸福指数。

人类的幸福指数也取决于同样的事情。认为自己有掌控力的人，通常有更高的成就，更积极活跃，更少焦虑，更能克服逆境，身体更健康。班布里基认为，甚至于“盲目地”相信自己的力量都是有益的，自决意识可以驱使脑部分泌大量的传导物质，这些化学物质促进情绪积极和身体健康。

中年人站在人生抛物线的顶端，俯瞰懵懂向上攀爬的年轻人和无可奈何花落去的老年人。这本来是人生中最有掌控力的阶段，但同时也要面临多重任务的同时推进：事业能否更上一层楼，孩子怎样在学业竞争中脱颖而出，夫妻关系如何走过倦怠期，父母怎么安享晚年。有人觉得自己能够主宰命运，也有人面对眼前的混乱束手无策并且恐惧将来。中年危机是不是一部以糟糕为主题的连续剧，取决于人们如何看待自己的掌控力，如何处理自己与周围环境的关系，以及自己从前的储备。

苗志坚就是一个制订出人生计划，然后坚决执行的人。她 2019 年刚从清华大学博士后出站，就在海淀区买了房，孩子被送进了北京的幼儿园，丈夫也从老家辞职，找到了一份专业对口、有发挥空间的工作。她马上就要 40 岁了，说起近况云淡风轻，可这些变动中的任何一项都不容易达到，都是能写成朋友圈爆款文章的。

她很瘦，讲话也斯文，化着淡妆，跟中年危机扯不上关系，反倒是踌躇满志地开始人生新篇章的阶段。回头看自己走过的路，苗志坚说，她觉得人生每个节点的状态都是上一个人生阶段积累的反馈。如果40岁没有产生突变，那完全是由30岁的时候决定的。

苗志坚30岁那年从老家考上清华大学建筑学院的博士生。她和丈夫的硕士其实也是在北京读的，可因为是保研，跟本科母校签订了回校工作的协议。如果追求舒适和没压力，这是条不错的路。

苗志坚回到呼和浩特老家，父母在身边。她和丈夫两个人除了讲课，业余时间就在外面做项目。按照常理，人生就要进入结婚生子、共同抚养下一代的阶段了。苗志坚思考的却不是这些问题。她在北京的时候，曾经跟丈夫一起找过工作，两个人的本科、硕士一模一样，丈夫的薪水却比她多2000元钱——因为性别差异。

“在刚回到老家的那个时间点上，我最深刻的体会是，如果我俩未来结婚，我首先得把自己解决好。在建筑设计行业里，男性的选择很多。如果他未来去北京，而我是以一个大学老师的身份跟着去，我的路就更窄了。当时特别有危机感，就考了博士。”苗志坚说。

她从小受到的教育就是自己能撑一片天，起的名字也带着家族对她自立自强的期许。她从未想过随便做一份工作或者不工作、靠老公养这种婚姻状态，而是在对方迈步之前，自己先站住脚，保证两个人齐头并进。

本来是为了丈夫而提前做的准备，后来她的脚步却成了家庭的主线。苗志坚说，她的很多事情当时有些混沌，回头看发现逻辑上是说得通的。在职考清华这种现象，很多人的理解是大学老师需要博士学位，临时抓一个。实际上她之前就有相关积累和懵懂的意愿，读硕士的时候专门跑到清华把她“相中”的导师的课都听了一遍。当时，她觉得这个老师的学术主张非常打动人，跟自己对建筑设计的设想是一致的。她也想成为一个这样的人。

梦想成真。她没辜负自己六年的学习时光。为了学业精深，苗志坚跨学科选修了很难通过却对专业有帮助的课，做研究和项目也竭尽所能。她的导师工作繁忙，很早就到学校开始办公。苗志坚说，她记得早晨从宿舍出门时，天还是黑的，走到导师办公楼下，经常看见老师办公室窗户里亮着灯光。

跟单身时上学那种沉浸其中的状态不一样，苗志坚还有人生中另外一部分关系要处理。来北京前，她跟丈夫领了结婚证，也开始了长达六年的两地分居。作为一位年过 30 岁的已婚女性，首先就得面对生育问题。

“在家庭里，女人可以让男人觉得他是一个决策者，但实际上家庭的运作方式应该是女人主导的。你希望家庭什么样，孩子什么样，是女人控制的。”苗志坚说。苗志坚决定读博期间专心上学不生孩子的事，就这样执行了。

“有人会意外怀孕，我不存在这种事，我不打算要的时候就绝对不要。还有种常见的担忧是产妇年纪大，我没焦虑过这个问题。我从来没试过怀孕，也不知道自己擅长不擅长。整件事唯一的意外是我计划上半年写论文，下半年生育，结果孩子是上半年出生的，我生完孩子三十二天，自己坐飞机回北京准备博士答辩。”苗志坚说。

因为一贯坚定地按照自己的意愿走人生道路，很多常见的纠结对苗志坚来讲反倒不存在，她的精力都花在如何实现这些意愿上。夫妻两地分居六年如何维系感情？苗志坚说，她和丈夫是互相透明的。老家的同事朋友她本来就很熟悉，她再把丈夫拉进她的环境里。两个人本来就是同一个专业，经常互相讨论，清华师门的聚会也会让丈夫一起参加。丈夫既熟悉她的同学朋友圈，也了解他们日常的话题。

举家定居北京海淀区，丈夫要舍弃大学里十年的积累，从头开始，如何适应？苗志坚说，定居北京是一直都知道会发生的事情，而且是个好选择。可行性、必要性没什么可讨论的，剩下的就是把过渡期处理好。

还在继续成长

中年确实有让人泄气的一面。对于女性来讲，可以能力出众地搞定事业、生活中各种横生的枝节，可以通过健身医美留住靓丽的青春，可依旧不得不面对生命时钟跨过 40 岁，生育期接近尾声。无论是二孩，还是第一次生育，都要在这个时间点上做一个决断，要不要做一个中年妈妈。

张静（化名）2019 年 42 岁，孩子刚刚两个月大，她只能在给孩子喂完奶、哄睡之后接受采访，然后在孩子快睡醒的时候赶回家。因为生育，她胖了 20 斤，出门也没对外表进行特别修饰，可还是能从人群中一眼认出她。她比普通人脸小，做了快二十年的主持人，仪态端庄。

张静是 40 岁才下定决心生孩子的。“我年轻的时候没想过自己会生小孩，觉得小孩挺讨厌的，会影响生活。孩子是一生都摆脱不掉的责任。责任和自由是矛盾的。”张静说。她 35 岁结婚，在很多人眼中，生育已经很紧急了，可她对这件事还是没想好。

“我觉得结婚应该有个孩子，但也没有为这件事做出什么努力。我先生尊重我的意思，我想生就生，不想生就不生。”张静说。两个人顺其自然了五年，张静才下定决心像完成一期节目一样，认真对待这件事。

生活由此进入了一个新阶段，但这不是中年生育问题的尘埃落定。“我第一次当母亲很紧张。怀孕的时候每天早中晚都要观察胎动，稍微不一样就想去医院。现在是，他吃多了我担心不健康，吃少了我怀疑他不舒服；睡多了我担心他精神不好，睡少了我担心他烦躁。每一个微小的差别总能想到负面的情况。”张静说。

除了这种新妈妈中常见的焦虑，张静还有其他烦恼。跟那些 20 多岁刚刚工作就做妈妈的人不一样，她已经建立了成功的职业生涯，从前访谈的对象都是中国各行业的翘楚，有阅历、有判断。她没办法忘我育儿，使自己与妈妈这个新角色身心合一。

每当育儿焦虑发作的时候，职场女性的自我就开始理性分析这种状态，“我的世界突然缩在了这个小环境里，生活里没有别的内容；但又觉得孩子是一个莫大的责任，所以就把这件事无限放大了。我不能这样下去。”她焦虑完孩子的状况，又开始跟自己的这种焦虑作战，然后衍生出新的焦虑，就是战胜育儿焦虑的过程。

中年母亲的形象不是新现象，祖母那一辈从年轻结婚就不断生育，直到中年。可现在的中年妈妈大多是张静这样受教育程度高、有成功事业的女性，她们不得不面临人生优先级的冲突。从进化的角度来看，班布里基分析，在农业开始之前，人类唯一的财产是体内脂肪，脑部演化会做出简单的决定，判断何时应该把脂肪转化成婴儿。

现在的情况则复杂多了，大部分财产是非生物性的，而且很难累积。在现代经济和生孩子之间，大脑没有直觉性的解答。现代女性的阶层坐标也发生了变化，从前她们的社会经济地位取决于她们嫁给谁；现在则还有其他途径，她们可以靠自己挣得一方天地。做一个快活自由又经济独立的单身女性还是生孩子？重回职场拼杀还是全身心投入育儿？张静的纠结并不是特例。

张静的选择是不再跟自己不擅长的事情较劲。她从前以为做好事业、带好娃是件通过努力就能达到的事，没做好是因为笨和蠢。身临其境，她才体会到达到理想状态的难度。她像别人一样二十四小时全部自己带娃，几天就败下阵来。别人能够做到跟孩子作息同步，她哄睡后还想着社交、看书。精力分出去一部分，就撑不住了。

“我一开始想做个无条件爱孩子、满足他全部需求的妈妈，可我做不到。有时候孩子的需求和我的需求是完全矛盾的。无条件满足他，自己就牺牲太多。对于我这样一直很自我的人，尤其难。”张静说。通过生育，张静更加确定了人生的成就感来自哪里。她出门去做了头发。她说：孩子的一生还长，她得重回职场。

生育期接近尾声让女性面临的另一个问题是，对异性是否还有吸引力。作为动物中的一个族群，两性相吸的核心动力来自繁衍后代；衍生的问题是如果婚姻触礁，还能不能重新扬帆起航。Crystal 40 岁离婚，42 岁又再婚。新生活岁月静好，可这也是前一段婚姻带来的反思和成长。

离婚是前夫提出来的，毫无预兆。两个人恋爱两年，结婚十年，接近中年婚姻触礁，这对 Crystal 打击很大。刚离婚的时候，她做了很多没有尝试过的事情，健身减掉了 25 斤，开始留长头发，开始穿裙子，去做了牙齿矫正。很多熟人再见到她时已经认不出来了。

“我做这些不是要去挽救婚姻，我想去做一些从来没有做过的事情，重新开始生活。我性格比较急，最立竿见影的变化，只能从外形开始。”Crystal 说。

重新开始生活的同时，她也开始反省自己。“我从小是一个很自我的人。创业和孩子来了之后，我把所有的精力都投入这两件事上。前夫觉得他不受重视。我不仅忽略了他，其实连我自己也被忽略了。我不关注一些其他的需求。”Crystal 说。

可贵的是，她并没有因离婚而彻底自我否定，而是把它作为人生的里程碑。以离婚为契机，她重新思考自己是谁，生活应该是怎样的。Crystal 性格外向，爱交朋友，从前经常举办派对，离婚时前夫还赞美她是一个有趣的人，一定会有人愿意接近她，不必担心再也结不了婚。

“我觉得自己各方面条件不错，导致离婚也有一开始就不合适的原因。我跟前夫认识的时候，我已经是经理级别了，他刚大学毕业。我们的关系里我是压着他的。当时他对我是崇拜和欣赏的，可经过了十几年的生活，他意识到他爱的是女人对他有依赖的感觉，但同时他又不是那种善于跟我沟通的性格。”Crystal 说。

比起前夫，确实也是 Crystal 先遇到了爱情，她现在的丈夫是美国人，也离过婚，两个人最开始是以朋友的关系互相分析离婚的原因。“前夫跟我没有讨论途径，我一心想知道为什么离婚，能不能改变，他不给我解答。现在的丈夫站在男性角度把事情分析得很透彻。我有时候觉得他都可以开婚姻情感专线了。”Crystal 说。

相识一年之后，现任求婚了，可 Crystal 当时没同意，上一段婚姻让她对这种制度产生了怀疑，她没有做好心理准备。又谈了一年的恋爱，两个人才开始了新的婚姻生活。“我丈夫比我大 7 岁，他觉得婚姻不是看喜欢对方什么，而是要看能不能接受对方的缺点。这一段婚姻，我们是以更成熟的状态开始的。”Crystal 说。

自我认同

婚姻触礁又再婚让 Crystal 生出很多心得，她觉得无论职业、婚姻是什么状态，人都得找到自己的价值。“离婚不可怕，完全能重塑生活。但首先得有自我，否则生活的大厦就倾倒了。”Crystal 说。

自我认同是当代很多都市心理问题、情感问题、内心冲突追根溯源的底层逻辑。可对于中年女性来讲，即便对自我认同很清晰，有时候也要跨越诸多阻碍和牵绊来抓住自己的人生锚定。生活总是不能尽如人意，面对它需要毅力。

Caroline 正怀着第三胎，同时，她还在美国读着一个学位，找了一份 IT 公司的工作，没有老人帮衬，她跟丈夫一起养育两个孩子。“人生最凤的时候是没人看孩子。我找工作接电话，要把老二弄睡了或者在卫生间里关上门。孩子在外面玩，突然意识到妈妈不在身边，就开始哭。现在怀着老三身体很累，下班还得接孩子做饭。家里洗碗机、洗衣机、烘干机、扫地机器人全得工作起来，每天只有等孩子们都睡了，我才能开始工作、学习和看邮件。”Caroline 说。

出国前，Caroline 在北京的微软公司工作，2012 年丈夫有了去美国的机会。当时，她想得很简单，她的专业在美国找工作不难，本身也有国际大公司工作的经历，先以配偶身份跟丈夫过去，等解决了签证获得工作资格，就可以重回职场。

没想到他们的签证办理得并不顺利，Caroline 不得不全职在家待了六七年。最开始的一两年，她过得很愉快。脱离北京快节奏、压力大的职场生活获得喘息，上午学习，下午在图书馆做义工。可等新鲜感过去，她心里就不舒适了。

“我属于 H1B 工作签证的配偶，在美国连银行账户都没有。最开始，我拿着老公的卡出去刷，不能用。后来银行里有个工作人员好心，本来是不符合规定的，但还是给我办了一张学生卡。每个月老公往这张卡里存一些钱，证明我是有收入的，保证这个账户的运行。”Caroline 说。她并不喜欢这样的状态。

心理落差还来自跟同学和朋友们的对比。她一直跟导师有联系，知道自己的专业领域在国内的发展情况；从前相熟的朋友也突飞猛进，有人年薪已经拿到了200万元。2016年，大学同学到美国开会联络她，对方已经是教授和博士生导师，她却还在等待拿到工作资格。

“我心里特别难受，觉得人生境遇的差别特别大。在美国，跟我情况相同的妈妈也会互相交流国内同学、熟人这些年的发展，对比自己每天的生活感到很失落，外人难以体会我们的这种心境。”Caroline说。

两个孩子相继出生之后，Caroline待不住了。一个原因是，抚养两个孩子经济压力很大；另一个原因是，她始终觉得除了生育和养娃，还得在职场上有自我价值。

她曾经在加州住过一段时间，那里以配偶身份到美国的华人主妇很多。Caroline说，有些人是放弃了事业的。“比如有个舞蹈家在这边生了两个孩子，依旧很漂亮。她现在教小孩跳舞，我觉得是很可惜的。还有一些妈妈认为自己英语不好，也不想学，就在这边做代购，或者卖保险给华人。我不能理解这样的工作，除了谋生，人还得为社会创造价值，做一些有贡献、有发展的事情。”

在美国找一份体面的白领工作，最好是有美国学校的学位。Caroline在36岁那年开始考托福，当时，第二个孩子只有六个月大。“跟我一起上托福辅导班的同学，都是‘95后’，至少也是‘90后’。跟这些20多岁的人相比，我的学习时间是分散的。我要等老二睡着之后，才能开始复习。”Caroline说。

她利用带娃的零散时间学习，考了五次托福才拿到一个申请学位能用的分数，这期间，他们搬家到西雅图，买房子，给孩子安顿学校，琐琐碎碎忙得不可开交。“我又考了第六次托福，本来想把成绩刷高一点，结果也没高。那时候，我已经没心情了，因为我在刷墙。美国人工很贵，爸爸把两个孩子带出去，我就一个人在家花花绿绿地刷。”Caroline说。

拿着这份托福成绩，Caroline申请到了一个大数据方向的学位，她在国内的专业是计算机，毕业十年之后再读书，转了一个有关联却更前沿的领域。托福成绩和在读学位让Caroline的简历里有了证明自己的内容，她开始找工作，跟从前在微软时的美国同事恢复联系，也拜托熟人帮忙留意机会。她参加了几家公司的面试，因为职业生涯有七年时间的断档，在就业市场上并没有竞争力。最后是一家为微软服务的第三方公司录用了她，兜兜转转七年，她终于回到了职场。

这条重返职场之路耗费了巨大的精力，如今回忆起来她还会止不住地辛酸。“我第一次考试失败之后，坐在公园里哭。一个清华毕业的朋友看见之后，安慰我说，只要坚持一下，再坚持一下，就胜利了。这条路很难走，但并不是没办法到达，可很多人从一开始就给自己画了个圈，觉得自己年纪大，已成定局。”Caroline 说。

工作不但给了 Caroline 一份收入，找到自我认同，甚至还成为女儿看待她的一个坐标。“西雅图很多妈妈都是职业女性，接闺女放学的时候，她会讲，哪个小朋友的妈妈在微软上班，哪个小朋友的妈妈在亚马逊。‘妈妈，我也想让你去上班。’小孩之间是会互相问的，也能分辨出妈妈在做什么。我不能让其他小朋友问孩子你妈妈在哪儿上班的时候，她说不出来。”Caroline 说。

山顶的风光

人生总是有失也有得，胶原蛋白的流失无法逆转，可跌跌撞撞爬上抛物线的顶端时，确实别有一番风光。甚至，人们总说年轻时不怕跌倒，因为时间还长，可站在顶端的中年，才有东山再起的经验和人脉。

李平（化名）在过去六年里领导的是她所在行业里最赚钱的项目之一，也因为这个项目，她名利双收。没想到却因为 2019 年的一个事件遭受到人格的羞辱和事业断崖式下跌。素不相识的网友在社交媒体上臆测她的私生活，还牵扯到她的工作，公司让她停职，息事宁人。李平说：“出事之后，老板警告我，我的职业生涯完了。客户不会再为我买单，以后我的名字就是一个耻辱。”

李平被这个挫折打蒙了。“我六年时间所有喜怒哀乐都围着这一件事转，然后就跟一场梦似的。到现在为止我都恍惚，它怎么就形成了排山倒海之势，最后变得一发不可收拾。我甚至在梦里把事情复盘了一遍，如果换一种方式处理，会不会就不是这个结局。”李平说。

梦醒了，真实世界里没有回头路。她回了一趟公司，看见并肩战斗的同事们神情沮丧。他们曾经是公司最好的团队，获得很多赞誉和奖金，却因为这件事蒙上了阴影。公司为了调整业务，当时已经决定裁员，被裁的很大一部分人也来自这个团队。

“我当天半夜回家就大哭了一场，哭之前很理性地翻手机，有家有口的不能找，后来找了一个很会跟人打交道的同行，跟她哭。哭完之后，我就再也没为这件事情绪波动了。虽然依旧想不通怎么就走到这个地步，但时间最宝贵，还得想下一步。”李平说。

她就像疗情伤一样，痛苦地跟这个项目剥离，每周去做三次普拉提，积极参加同学聚会。她说，过去六年全身心投入项目中，工作就是她人生的承重墙。现在这面墙倒了，得有其他柱子撑起来，房子她还得住呢。

冷静下来之后，她反倒想明白了她跟这个项目的关系：“我是一个创造价值的人，还是因依附在这个项目里而具有价值的人？如果我是一个创造价值的人，就算离开了这个项目，又能怎么样呢？”

回溯职业经历，六年前她还是无名小卒，在另外一个王牌项目里工作。直属领导跟她谈话，希望她牵头开发出一个新产品。“我后来才知道，其实领导找了当时团队里很多资深同事，可当时我们那个项目也很赚钱，谁都不想离开。我当时没想过得失，就凭着一颗死心眼，觉得领导交给的任务得把它完成。”李平说。项目做到第三年，她突然像打通了任督二脉一样，对这份职业开了窍，从此在职场上越走越好，直到爬上高山，狠狠跌落。

李平觉得自己从零开始，摸爬滚打出这个项目，她跟这个项目一起成长，从中积淀很多。捋清楚自己是一个创造价值的人后，她就豁然开朗。李平陆续去接触从前的客户和合作伙伴，了解行业现在的情况，并且告知大家，她可能不再继续跟着原来的项目。即使没有从前公司的倚仗，依旧有人对她下一步的计划感兴趣，看有没有合作的可能。

“很多人说快到40岁的年纪就会很迷茫，前面没什么路可走。我的观点不一样。我从前总说自己不纠结，那是因为年轻时没资源、没机会，选择太少，只能闷头往前走；现在我反倒发现自己是个纠结的人，因为面对的选择太多了。我往哪个方向，跟谁合作，什么形式都有很多可能。”李平说。

中年的优势在这种时候就显现出来，并且它本来也不是以悲剧存在。“天意”让中年出现，是给活过40岁的人类新阶段。跟初入社会战战兢兢的人相比，中年人游刃有余。

苗志坚现在的时间安排比上学时灵活、可控，因为她把握工作的方向和框架，细节自有年轻人去落实。跟遇到人生挫折的迷茫期相比，中年人跌倒过，又爬起来，吸取了经验。

Crystal的事业在上海，家庭在美国，她现在时常跨越大洋两边跑，注重事业和家庭的平衡。

李平也一点儿不想穿越回20多岁，她觉得那时候的自己就是一团糨糊；现在有了人生阅历，特别是这场风波，让自己更了解自己，也更明白人生。

生命如此短暂，几乎所有人才刚要准备好好活着，就发现人生来到了尽头。那么，既然刚刚品尝出人间五味，为什么不沉浸其中、尽情享受呢？

傲骨贤妻：认识自我与掌控自我

陈赛

我们常常以为，自我认知是伴随年龄而来的礼物。随着年纪越大、阅历越多，自然而然就会明白自己是谁，想要什么。但事实并非如此。从外部检视别人的人生是容易的。一旦涉及自身，关于你自己的真相，你真的想知道的有多少呢？

一个“贤妻”的人生逆袭

《傲骨贤妻》这部电视剧用七年的时间，让观众见证了艾丽西娅从一个家庭主妇进化成一个强大职业女性的过程。

一开始，她的命运是被强加到她的头上的。她本来是法律系高才生，婚后放弃事业，心甘情愿当起了贤妻良母。相夫教子十余年后，她身居高位的丈夫突然被爆出性丑闻，并因涉嫌贪污腐败入狱。于是，她过去的完美人生一夜之间轰然倒塌，陷入绝境；但绝境也激发了她强大的生存意志——丈夫的诉讼费要付，房租要付，两个青春期的孩子要抚养，一个强势的婆婆要应付，还有受伤的尊严要恢复。

当人生遭遇大的变故，我们通常有两种反应，一是意识到自身的渺小和有限性，从而对命运产生巨大的敬畏感；而另外一种则是用力还击，力图将命运牢牢控制在自己手中，艾丽西娅显然属于后者。

虽然这是一场突如其来的人生风暴，但这场风暴内置了每个女性人到中年时相似的困扰——钱的问题，孩子的问题，家庭与工作的责任，不安全感，挫败感，自我怀疑与妥协，逐渐走下坡路的健康、能量和存在感。所以，身为中年女性，对于她的人生逆袭就更有了一种了解的同情。

十三年后作为初级律师，又是众人皆知的倒台政客的妻子，艾丽西娅重返职场的处境之艰难可想而知。但至少在前面几季，艾丽西娅充分展现出了一位女性在面对逆境，尤其是面对复杂权力关系时的力量、智慧和尊严，以及极为审慎精明的一面。

曾经有人问女作家玛格丽特·阿特伍德，为何她笔下的女性角色总是那么多疑，她辩驳说："那不是多疑，那是对她们处境的认识。在一种力量失衡的关系中，如何认识你自己是一件很难的事。"

很显然，在艾丽西娅所处的职场环境中，这种力量的失衡是无处不在的。所以，为了在各种谈判、庭审中占据优势，除了跟男性律师一样拼命之外，女律师们往往还要懂得利用自己的"女性特征"，只不过有人是迫不得已，有人是乐在其中。比如剧中那个叫南希的年轻女律师，她擅长各种装纯情、装天真、装无辜，而且总能成功博取男性法官和评审团的同情。

中年女律师帕蒂则毫不犹豫甚至恬不知耻地利用自己作

为孕妇和母亲的身份。按照威尔的说法，她的生殖速度是野蛮的。生孩子好像成了一种职业的必需：当她怀孕时，就以怀孕作为挡箭牌；当她没有怀孕时，就拿自己的宝宝做武器。

艾丽西娅的好朋友、调查员克琳达更是时常游走在道德和法律的灰色边界，不惜利用美色和性来获取情报。甚至连剧中最令人钦佩的女强人戴安，也在与艾丽西娅的一次谈话中透露自己最初在律政界出头，只是因为合伙人需要一个“女性”装点门面。即使她功成名就，成为一家大律所的冠名合作人，在被人提名法官时，仍然首先是因为她的女性身份，而不是因为她的能力和气度。

“圣人”艾丽西娅不屑于利用这些性别手段操纵人心，但其实她也有身为女性的秘密武器，“好妻子”的身份就是她的秘密武器。“圣人”是媒体给她起的外号，表面上看是称赞她作为一个好妻子为丈夫和家庭所做出的牺牲，但暗里却是一种嘲讽，这种老公居然也能忍，为什么还不赶紧一脚踹开？

很多人不能理解，为什么她一直选择与她的丈夫彼得维持名存实亡的夫妻关系，做一个公众眼里的“好妻子”，而不是与她的情人兼老板威尔·加德纳在一起，享受真正的爱情和自由。

很显然，威尔对她而言，代表了生活的另一种可能性，但在这种可能性中也有巨大的风险。威尔是一个好律师，但也正是这一点令他显得高深莫测，难以捉摸。男女之间的情爱关系本来就涉及权力结构，更何况他是她的老板，如何在这段关系中保持自己的权力，保持自我的完整性，其中有着太多的不确定性。

与威尔相比，她的丈夫，或者说她的婚姻带给她的特权是她可以确定的，哪怕是在她丈夫锒铛入狱的第一季，每次她踏进法庭，所有人都知道她是谁以及是谁的老婆。她丈夫的政治关系和声誉，无论是好的还是坏的，都为她提供了某些特殊通道，哪怕这些通道常常是带着污点和瑕疵的。而且，她对于这些污点和瑕疵的态度越来越宽容。什么是真相，什么是谎言，什么是正义，什么是不公，只要逻辑自恰，似乎都可以自圆其说。

从这个角度来说，艾丽西娅变得越来越像她的丈夫彼得——对于权力的运作了然于心，对于法律工具的操纵得心应手，在这个过程中，她恐怕也更多地理解和认同了彼得在这个权力系统中所做的投机和妥协。当然，她自己是不愿意承认这一点的，她更愿意相信自己是个无辜的受害者，哪怕当她早已在不知不觉中从受害者变成捕食者。

在她第一次主动利用丈夫的关系保住自己的工作时，还有强烈的负罪感，但她迅速地原谅了自己——毕竟，这就是生活。

当她发现她最初得到这份工作，是靠着威尔的关系挤掉了另一个更有资历的竞争对手时，她同样迅速释然了——毕竟，这就是成年人的世界。

随着她在权力的阶梯上爬得越高，妥协也就越多，而她对自己的妥协也更加心安理得。当她的丈夫出狱甚至当上了州长之后，她利用他的关系争取和维护自己的客户，已经是理所当然的事情了。直到她离开律所，带走威尔最有价值的客户，威尔在愤怒中试图把她从她的受害者情结中拉出来："你真混账，你甚至不知道自己有多混账。"

关于自己，你愿意知道多少？

我们常常以为，自我认知是伴随年龄而来的礼物。随着年纪越大、阅历越多，自然而然就会明白自己是谁，想要什么。但事实并非如此。从外部检视别人的人生是容易的。一旦涉及自身，关于你自己的真相，你真的想知道的有多少呢？

这是我每次看《傲骨贤妻》时最感到悚然心惊的地方。因为你会发现，在不知不觉中，艾丽西娅重回职场后熟悉的司法系统的那一套规则，已经内化成她为人处世的一部分。在她的思维法庭里，就像真实世界的法庭一样，一项罪名是否成立，不仅取决于证据、论辩技巧，还包括信息的管理。有一些证据是可以强调的，有一些证据是可以忽略的，还有一些证据不可以作为呈堂证供。

在法庭上，她学会了与真相保持距离，只确保她所知道的，不多不少，足以“热忱代表客户的利益”即可。就像最后，关于彼得的腐败指控，她对于他到底是否有罪毫不关心。

同样，她选择了与自己的人生真相保持距离，确保她所知道的不多也不少，只要为自己的行为找到合法的依据就行。她是一个好律师，总能为自己做出最好的辩护。

只有到了第七季最后一场戏，在一段超现实的对话中（她与威尔的鬼魂的对话），她才为自己制造了一个内省的漏洞。

她问他：“你真的恨我吗？”

他说：“当然。”

然后，他提醒她，她之所以爱他，是因为少有人走的路总是最迷人的；她之所以怀念他们的爱情，是因为它从未发生过。

同样，也是威尔的鬼魂提醒她：“你的自我认知真是太少。”

在这里，她终于承认，很多时候她是在找各种借口不去认识真实的自己，因为自我认知是危险的，是要付出代价的。

认识自我意味着坦然面对自我的真相，包括人性的阴暗面。如果真的有一个绝对的道德法庭，所有的证据都呈递上去，我们每个人都会是有罪的，我们都自私、虚荣、懦弱、不诚实。就像阿兰·德波顿说的："一个人如果还没有发现自己的疯狂之处，自我认知之旅就还没开始。"

这就是艾丽西娅这个角色的迷人之处，她对自我的选择性认知或者说选择性无知，激发了我们对于自己的怀疑。我们又是如何处理关于自我的信息的？在多大程度上，我们与艾丽西娅一样，对于我们的思想、感情和行为，选择性放大，选择性无视，选择性地自我辩解？我们真的必须认识和承认关于自我的全部真相吗？还是说，一定程度的自欺欺人是一种更好、更聪明的办法？

你想要的，到底是什么？

在第六季的某一集，一个同行问女主角艾丽西娅："你想要什么？"

她回答说："我想要幸福，我想要控制自己的命运。"

剧中有两样事物，与艾丽西娅的幸福有着奇妙的关联。

第一，她的衣服越来越高级，越来越时尚，服装变成了她维系身份和自信的强大武器。

第二，她酒喝得越来越多。每次她回到她的小公寓，独自喝闷酒的时候，隔着屏幕，我们都能感觉到那种孤独感。她曾经解释过，即使在做家庭主妇的时候，她也喜欢在每天结束的时候喝点酒，但自从重返职场，这是忙碌的一天结束后唯一能让她感到平静的仪式。在这里，葡萄酒更变成了一种职业女性特有的焦虑的隐喻。她喝酒，是因为生活很难——未必是生存的艰辛，也未必是悲剧的不幸，而是深陷日常生活琐碎的艰难而无力摆脱的失望、痛苦和幻灭。

女演员朱丽安娜·玛格丽丝在一次采访中说，自己每次拍片都要戴一个假发，这样离开片场的时候，就能把艾丽西娅这个角色从自己身上"脱"下来。但令她感到不堪重负的，不是艾丽西娅的强大，而是她的悲伤。

照理说，这个女人貌似已经得到了一切，财富、权力、爱情、子女、人到中年不减的性魅力，到头来却发现这些都不是她想要的。那么她真正想要的，到底是什么呢？

艾丽西娅一生最大的遗憾，似乎是威尔的死。或者说，她没有选择爱情，而是选择了婚姻。但至少在他们的那段婚外情里，你并没有感觉她是将这段感情当作爱情，而更像是一种反叛的姿态，一种宣告独立的方式。

七年来，我们看着艾丽西娅做出各种各样的选择，好的、坏的、理智的、冲动的，但目的都是掌控自己的生活。她变得越来越大胆，越来越强势，不再为别人的期待而活着，而是为自己活着。之前，她与威尔的婚外情让她充满了焦虑、试探和负罪感，尤其是对孩子的负罪感。但在第七季里与杰森的婚外情中，她已经彻底放飞自我了，甚至在餐厅里当众调情。就像她对对手路易斯·坎宁说的："有生以来第一次，我不必听任何人的，我就是我。"

但是，为自己活着，到底是什么意思呢？

她的母亲维罗妮卡是一个完全凭自己心意活着的女人，可以毫无遮拦地说话，毫无愧疚地出轨，伤害别人而完全不自知。这显然不是她的人生模版。

她的婆婆恰恰相反，一个完全为自己的儿子活着的女人，更不招她待见。

最搞笑的是，在最后一季，她的儿子 Zack 带回来一个未婚妻，一见面她就发表了一通新女权主义宣言："有人觉得她站在男人身边是一种倒退，但女权主义意味着女人可以做任何自己想做的事情——即使她想做的，就是站在丈夫身边做一个圣人贤妻。"

编剧拒绝给艾丽西娅一个幸福的结局。她承认自己并不爱那个叫杰森的调查员，虽然他性感迷人，但他太肤浅，太孩子气。对她而言，他最多算是个安慰奖，一个解决孤独的方案，而不是维持幸福的源头。

那个她曾经热爱的公寓，如今变得冷漠、凄凉。她甚至从母亲的身份中抽了身。面对儿子辍学去巴黎陪未婚妻的决定，她的反应是："他自己的错误，让他自己去犯吧。"

她亲手毁了她和戴安的友谊。本来，她们可以一起开一家女性主导的律所，戴安曾经是她最强大的同盟，她的人生理想。

七年前，这部剧以一记巴掌开始，如今又以一记巴掌结束。她最后一次站在丈夫身边，但这一次，她没有站到最后。在同一个空荡荡的走道里，戴安站在她面前，因为她之前在法庭上的背叛，戴安给了她一记狠狠的巴掌。这个巴掌让我们想到剧集开头，她刚刚出场的时候，一个更年轻、更天真的她，给了她的丈夫一个巴掌。

编剧说，艾丽西娅的教育是一个悲剧。戴安最后的那一巴掌是"警醒"的一巴掌，是为了警醒她，七年来，她从受害者变成了施害者。为了自己的利益，她可以以自己当年被伤害的方式去伤害别人。

但是，在挨了戴安一个巴掌之后（就像这个剧刚开始，她甩了丈夫一个耳光之后一样），她再一次整理衣襟，昂首挺胸地走了出去。

那个整理衣襟、隐藏情绪的动作，是我们非常熟悉的。

而她眼神中一刹那陌生的困惑，让我想起之前她与她丈夫的总统竞选经理露丝女士之间的一段对话。

艾丽西娅：“以前我觉得自己知道人生是怎么回事，但现在却发现一点头绪都没有。”

露丝：“珍惜那个瞬间吧。当你意识到自己并不了解生活时，那才是真相。”

艾丽西娅：“你觉得你会更幸福吗？如果你当时选择了往左走或者往右走，往上走或者往下走。”

露丝：“不，你无法控制命运。一切都在你的基因里。改变不了。”

艾丽西娅：“你的意思是，无论我做什么，或者不做什么，我都注定会在这里？”

露丝：“也许不在这里，但也是差不多的地方。人生的每个分岔口都有一个悬崖。无论你怎么走，走那条少有人走的路，你还是会走到那个悬崖。”

那时候，她还不明白，幸福与控制命运在某种程度上是自相矛盾的，心灵的舵掌控得太紧，反而会失去方向。

养老公益行业让我更安宁

曹玲

“做事业就像谈恋爱，以结婚为目的的恋爱，可能结果不错，但过程不一定快乐；如果两个人一开始并没有抱着结婚的目的，自然而然地走到一起，即便没有结果，过程也可能很快乐。”

鹤潼的职业生涯有点急流勇退的意思。

2008 年，她和表弟一起成立了一家公关公司，给各个商场做营销活动。2008—2010 年，虽然公司的效益一般，但员工们很有干劲，每年年底给大型商场策划圣诞节活动之后，大家都会一起去聚餐、K 歌，非常热闹。

她经常和人说起自己引以为豪的两个活动。

2009 年，北京东直门银座 MALL 给几个公司同时出了一个命题作文叫“光影涂鸦”，一开始鹤潼都不知道“光影涂鸦”是什么，但后来做出了很成功的创意：他们在一个很黑的屋子里设计了一个背景墙，用手指灯利用相机快门几秒的曝光时间连续拍摄三张照片，这样每个人画出的心形、写的字都能保存下来，照片可以带走作为纪念。她从几家公司中胜出，活动做得非常成功。

2011 年圣诞节，她负责策划北京国瑞购物中心的点灯仪式。当年歌剧《妈妈咪呀》特别火，他们就策划了一个月的百老汇歌舞剧精彩片段演绎，每周上演四场，有《猫》《歌剧魅影》《妈妈咪呀》等。最开始的点灯仪式在12月初，拉掉幕布，灯光闪起，一个女孩在水晶球一样的音乐盒里跳芭蕾舞。活动非常成功，圣诞节当天，客流量突破17万，创国瑞购物中心历史新高。

随着公司在业界小有名气，鹤潼却变得意兴阑珊，觉得无论事业做得再好，也是给别人做嫁衣，再到后来每次活动结束之后，她都感到空虚、失落。“虽然我们做的是创意性的活动，但流程基本一致，重复性工作比较多。客户交代要做什么之后，我们做传播方案、设计现场视觉、搭建舞台、组织演出，然后出评估报告，最后找客户收款。这里面有变化的只是视觉设计和一些亮点，回过头会发现积累的经验停留在一个水平上。就像已经读到高中，仍然在做小学生的题目，虽然扎实但很乏味。”

那个时候，有朋友说她脸上写满了“欲望”。她每天脑子里想的是，这个客户有多大决策权、他要什么、他有多少预算。她老问人家：“你的预算是多少啊？你希望多少媒体曝光啊？”她坐下来总跟人说：我公司是做什么什么的，我最近做了什么什么成功案例，效果可好了。“可以想象，我说这些话的时候脸上是不美的。”

公关公司的工作还让她感到紧张。因为很多商场活动需要晚间停止营业后入场施工，这个时候她的电话就不能关机，现场随时可能出问题。她叮嘱朋友们，晚上22点以后谁都不要给她打电话，也不要找她出去玩，所以22点以后电话一响一定是工作上的问题。“晚上电话一响，我的心就‘噌’地揪起来了。”这工作还让她没法谈恋爱，每年圣诞节、元旦等重大节日全部要在活动现场，不能回家，无法约会。“对一个女人来说，不光要有钱，还要有人爱。”鹤潼说。

随着时间流逝，金钱的魅力也大打折扣。2008年，公司开出的第一张发票是5万元钱，表弟感叹什么时候能做到100万元，那得多高兴啊。到后来，有时候一个项目就是100万元，但是他俩谁也不高兴，只感到焦躁不安。她在业界说，低于30万元的项目她不做，因为经费不够，创意做不了。“这样说当然是不好的，会损失一些客户，但是我实在是没有兴趣。”

她越来越厌倦自己的工作，渐渐萌生退意。今年年初，她把大部分业务转给表弟打理，自己带了一个助理出来做公益项目，也没想过能有什么收益。“我当初想，自己初期的原始积累已经实现了，做点有意义的事情吧。以前觉得做公益事业是有钱人的事情，虽然有意思但是我做不了，也不知道该做什么。后来我觉得自己父母身体不好，我也没有孩子，不知道以后的养老怎么办，于是就进入了老年人产业。”

鹤潼大学毕业后曾在日本待了五年，在一家华文报社做记者，后来因为父母病重，她又是独生女，只好回国。她老家在沈阳，爸妈一直在当地生活，带着一只猫，她一个月回去探望他们一次。之前她曾接父母来北京小住过两次，他们都表示接受不了在北京“监狱般的生活”，没有朋友，没有个说话的人。她家在27层，母亲还会晕电梯，老两口都不想再来了。

“我一直在想爸妈老了要怎么办呢？我不可能回沈阳，他们也不想出来。想来想去想不出什么好办法，于是我就对老年产业更感兴趣了，像我这样需要解决问题的家庭肯定很多。”作为一个外行，她对老年产业一无所知，也不知道自己究竟能做什么，但是她知道自己会做项目执行和规划，可以为有心做养老事业的人搭建一个交流的平台。

半年来，她做了两件事情：一件是加入了中国社会福利基金会天伦之乐专项基金会，筹备下半年举办的中国天伦之乐高峰论坛北京启动仪式；还有一件是带一些对老年人产业有兴趣的人四处走走看看。“当你不知道怎么做的时候就出去看看别人是怎么做的，摸索适合自己的模式。”说这话的时候，她正带一些人在日本考察当地养老产业的模式。

“日本养老院的宣传口号是‘你的微笑对我来说是最重要的’。他们很注重细节，相比之下中国的老人经常感到没有尊严，比如在医院里给老人换衣服直接就换，没人想到老人也是会难为情的。而在日本，不论做什么事情都会有帘子帮忙遮盖一下。这些都是很小的事情，但是会感到其中有太大的不同。”

但是日本的养老产业模式很难复制到中国，在日本是由政府为老年人买单。她决定下一步带大家去韩国看看有没有别的可借鉴的模式。“我还想知道美国是怎么做的，澳大利亚是怎么做的，想知道更多国家的做法，有没有可以拿来用的。如果国外有更好的资源，他们也需要有机会参与到中国的养老行业来，我想搭建的就是这样一个供大家交流的平台。”

至今她依然没有找到解决父母养老的途径。她不想把老人送到养老院，觉得那要承受很大的精神压力，比如“昨天我还和老张关系很好，今天他就走了”。她还考虑一种社区养老模式，老人待在家里，由护工来护理。“现在养老院的老人费用大部分是儿女出的，老人自己没钱，但很快20世纪60年代出生的人就面临养老问题，他们很多人能自己负担起养老的费用。社区养老是一条可行之路，与此同时，他们对服务的要求也会增加，远不是目前的养老院和家政公司提供的服务能够满足的，这中间有偏差，需要一个桥梁让双方接轨。养老行业有很多事情要做。至于她自己，鹤潼说："如果我老了，又没有儿女，估计会和朋友们一起去养老院。"

进入这个新的领域，她并没有太多犹豫，也没有拿它当营利项目。"你如果有期许就会有失望，如果没有期许，就往前走吧。"很多人问她究竟想做什么，她说她不知道，她还在寻找，这个寻找过程让她淡定。"做事业就像谈恋爱，以结婚为目的的恋爱，可能结果不错，但过程不一定快乐；如果两个人一开始并没有抱着结婚的目的，自然而然地走到一起，即便没有结果，过程也可能很快乐。"

鹤潼说做养老行业这半年以来，她淡定了很多，朋友都问她是不是谈恋爱了。"恋爱倒是没有，但最近追我的男人倒多了，因为我很从容，给人的感觉很安宁。"

吕燕：『大女人』

卡生

她聊到女人的独立，“独立的女人是这个世界上最有韧性、最充沛、最优美的集合体。”她翻看着架子上的样衣，剪裁立体，设计极简，这或许就是她反复说起的“大女人”概念——自知，自信，自立。

早已立春，上海依旧潮湿阴冷。吕燕的工作室深藏在静安区威海路弄堂里。弄堂入口充满了沪上特有的生活气息，每户人家窗口晾晒了衣物。往更深处走，看到挂了 Comme Moi（似我）牌子的独栋小洋楼。

一层用作服装打样间，里面工作人员已经开始了一天的忙碌，裁缝台边挂着吕燕为杂志拍摄的照片。二层是办公室和样衣间，走到尽头，是吕燕的办公室。房间里设计简约，干净利落。吕燕桌上摆放着当天的几块面料小样，等着她裁决到底要用哪一块。见我进了办公室，她起身握手，倒咖啡，很像在招呼老朋友。

她穿一身自己品牌的衣服，白色高领毛衣和一条橘色阔腿裤，依然保持着做模特时的好身材，看不出已是一个 6 岁半孩子的母亲。很多人对吕燕的印象停留在造型广告牌里的红唇、齐刘海儿，而她本人如果没有特殊的活动，更喜欢素颜。

吕燕被称为中国第一个走向国际的名模。因为她，时尚圈掀起过对“个性美”的关注与非议；也是她，让西方时尚圈燃起了对于东方美的热评。当她再次出现在公众面前，已转身成为品牌主理人。

是她的出现改变了中国时尚的审美趣味，还是时代凑巧成就了这个来自农村的女孩？她的成功，与时代的潮流既捆绑又疏离，很难以现在流行的词语“逆袭”来描述。

雀斑女孩和未被定义的“美”

1981 年吕燕出生在江西农村矿区，父亲是理发师，母亲是矿区职工，家境贫寒，吃上饭穿暖衣都困难。作为家里的老大，她还要照顾自己的弟弟妹妹。最快乐的事情是过年时能够吃饱穿暖，最讨厌的事情是在夏天里去喂猪，臭气熏天，一天下来味道不散。

坐在我对面的吕燕用一个第三者的视角这样描述自己的童年经历。“这个故事我说过太多遍，如今看来那是一个遥远的回忆，远得甚至有些模糊。”

有人希望吕燕写一本传记，写她的苦难童年和后来的成功逆袭。但在与她的对话之中，你很难发现她由衷地觉得那是极苦的日子。在故事的前半段，她不是一个被命运眷顾的人，正因如此，之后的种种际遇让她能坦然接受。无论好坏，都好过最初的生活。

“我跟着村里的男孩们，上山下河，没人把我当女孩看待。小时候没有人说我美也没人说我丑，我唯一觉得自己与身边孩子们不同的是，比同龄人高一个头，那时候我多希望自己矮个几厘米就好了。”吕燕端着茶杯回忆时，很难想象过去她是一个因为身材太高而感到自卑的姑娘。

“那么你小时候的梦想是什么？”

“小时候我的梦想就是吃饱穿暖。”

到了今天，吕燕还是学不来时尚圈里虚头巴脑粉饰自己过往的惯例。真实是她个性里极为重要的特质，如果不是这样看上去特别“虎”的性格，很难想象她如何面对各类媒体对她长相的非议。“我不在乎别人怎么评价我的生活。”她补充道。是那种将人打到了底的童年生活让她对未来充满了无限的好奇与渴望，以至于忘记了后怕和退却。

吕燕离开老家后，去南昌一所中专念财会专业。她利用业余时间报了一个芭蕾培训班，隔壁是模特班。那一年，隔壁模特队要上京表演，有人缺席，1.78 米的吕燕被拉去顶上了这个名额。“1999 年的北京，那是遥远的，金光闪闪、充满了诱惑的地方。”吕燕跟着模特队到了北京演出，之后参加了一个模特比赛。她的身体条件好，但长相不是主流社会所认可的

"美"，落选了。吕燕对获奖一事没有奢望，她很自然地就接受了第一次失败。

同年夏天，《现代服装》杂志要拍摄一组叫《胭脂嫁》的婚纱大片，编辑赵晋偶然看到了吕燕的表演，觉得她是合适的人选。当时大片摄影师是冯海，赵晋和他沟通："现在有一个不错的模特，但她没有模特卡，你可以见见。"

冯海回忆说："那时候的婚纱大片都是浓妆艳抹，但那不是我想拍的片子。我需要有态度和有辨识度的脸，能看到灵魂上的纯洁。"吕燕的风格很独特，嗓门大，素颜，有一点点婴儿肥，用冯海的话说，"她有着静若处子、动若脱兔的风格"。

吕燕到了片场，显得拘谨、羞涩。这是她第一次拍摄杂志大片。与冯海合作的造型师是李东田，他与冯海一样，认同了这样独树一帜的"美"。后来许多人问过李东田，他也在无数次采访里详细说过理由——"所有被人认为美的判断几乎千篇一律，当你看到吕燕的第一眼，你就会看到新鲜感。"

"幸运的部分是我遇到了李东田和冯海，他们两人对美的定义开了一个先河。时代的部分是因为90年代中国开始与国际接轨，奢侈品对中国市场开始重视。2000年是属于中国时尚启蒙的阶段，已经被定义的'美'不足以成为启蒙的需要。"这是在见过世界之后，37岁的吕燕给我的答案。

而在当时，她懵懂天真，只想走出乡村。即使要住地下室，成为一个“北漂”，也没有一丝畏惧。

拍片两个月后，李东田正式邀请吕燕成为东田造型的代言人。直到今天，只要有“东田造型”的地方依旧可以看到吕燕的大幅照片，齐刘海儿，红唇，大笑。现在大多数人已经接受了这样个性的美，而在十九年前，那是对于时代审美最重要的一次挑战。那组叫《雀斑与百合花》的黑白照片让吕燕一战成名——她位于一束百合花的后面，头发中分，露出圆圆的额头，细目，塌鼻梁，厚嘴唇，长而细的眉毛，从眉毛到鼻子的部位布满雀斑。

这张照片成为中国时尚界审美变化的分水岭。当时，海报悬挂在了王府井商业街，吕燕在《一席》演讲里聊起这张海报时调侃道：“那时候被登上广告牌的都是大眼睛、高鼻梁、小嘴巴的美人。当时东田去有关部门办手续时，人家说你们在哪儿找的这么个丑女孩，简直是影响市容嘛。还有很多看到广告牌的人觉得这是不是祛斑的广告牌。”吕燕说这些话时，像在讲述别人的故事，她自比是小草，越是在艰难的环境，越有韧劲儿生长。

李东田总会被人问起如何理解吕燕的美，他每次都会提到关于中国审美的问题。当时李东田从纽约回国，见识了国外审美的多元化。他要打造一个叫“造型”的概念，这已经先人一步，讲的不仅仅是化妆与发型，而是一个叫“Look”的概念。每一个细节，从头到脚，突出的是视觉的整体，而不再是单一的美和丑的粗暴评断。

《世界都市 iLOOK》出版人洪晃见证了中国时尚二十年变迁。谈到吕燕时，她说，时尚是一个“随波逐流”的事情，是大众意识流的商业行为。每一个新的时尚流派诞生都是靠反时尚的逆流，他们的创新被商业化并成为主流，等着下一股逆流把主流推翻——吕燕是非典型模特，她的美刚开始被很多人说是丑。她的美就是那股逆流。在所有人向往洋娃娃脸的时候，吕燕出现了。

当年的那张海报，让吕燕有机会参演了电影《面纱》（*The Painted Veil*）。《面纱》导演约翰·柯伦（John Curran）来北京看场景，路过王府井，看到了那张巨幅照片。他告诉制片人：“你帮我找到这个女孩，我需要她参演。”当时吕燕正在巴黎时装周走秀，在没有面试的情况下，加入了这部好莱坞爱情电影，和爱德华·诺顿（Edward Norton）、娜奥米·沃茨（Naomi Watts）拍摄对手戏。总有人说，吕燕太幸运，遇到的人、遇到的时代，似乎都在告诉这个其貌不扬的姑娘，世界的大门已经向你敞开，你准备好了吗？

“中国面孔”的西方奇遇

2000年3月，世界著名模特经纪公司大都会的工作人员来北京出差，离开前，他在新侨饭店大堂发现了吕燕。

“经纪人问我是否想去巴黎发展，说我长着一张让西方时尚界热爱的面孔。我没有多想。能去巴黎这样的时尚之都工作是任何一个模特的梦想。”当时的吕燕，在每天重复的面试和表演之间度日。“很多人听到去巴黎或许会担心，而我如果失败，不会再比我的起点差。我和朋友借了1000美元，买了一张单程票去的巴黎。”吕燕回忆。

从江西老家到北京几个月之后，18岁的吕燕收拾了一个行李箱，踏上了去往巴黎的航班。她不会说英文，更不会法语。经纪公司安排了住宿，一间14平方米的小房间，乐天派的她描述：“房间虽小，但有暖气和热水，比地下室强太多了。”说完，她眯着眼睛笑起来。

抵达巴黎的第一天，公司给她一张工作时间表、一张地铁路线图，她凭着“快译通”开始了在巴黎的生活。这段经历她向无数媒体讲过：刚到的第一个月，口袋里总装着两个煮熟的鸡蛋，一个月下来吃了100多个鸡蛋，因为她看不懂菜单，超市里食品袋的字也不认得。三天之后，模特公司制作了吕燕的模特卡并将她的照片发给客户和媒体。两周之后，凭借着一副可塑性极强的东方神秘面孔，她接拍了欧莱雅洗发水的电视广告。第一个月，2 万法郎收入对自小家境贫寒的吕燕来说是一笔巨款。她奖励自己吃了一顿法式大餐，给自己买了漂亮的裙子，剩下的钱全数寄给了父母。

吕燕去法国一年后，冯海出差到巴黎，约她吃饭。他第二天陪着吕燕去面试。“当时面试模特，一般早上会收到 10—15 个工作单传真，需要模特自己规划路线前往，如果路程遥远必须放弃一些面试。那天我陪着吕燕辗转一天，到最后几个面试我已经走不动了，坐在台阶上等她，看夕阳西下，而这仅仅是吕燕在巴黎最普通的一天的生活。”冯海说。

凭着决心，吕燕与语言难关死磕，与日常生活死磕。讲述在巴黎的故事时，吕燕尽量轻描淡写。她说，她忍得了辛苦，别人花半小时的路程，她提早两小时去准备。在她最孤独的时候，哭一通之后，第二天依然要打起精神，从头再来。

工作开始走上正轨后，除了面试和拍摄，她把所有时间都用来学习语言，学不懂的就打长途电话问国内朋友；看英文电影，听不懂就反复听。几个月之后，吕燕引起了时尚（*Vogue*）杂志的注意，第一次为俄罗斯版 *Vogue* 拍摄的她闹出了笑话。“摄影师告诉说：Don't move（别动）。我根本不知道他在说什么，后来摄影师快急了，大喊一声 stop（停下），我才明白过来让我不要再切换动作。可见我当时的英文是什么样的状态。”这几乎成为她每一个采访中都会聊起的桥段。

巴黎时尚圈是一个对个性十分尊重的地方，初出茅庐的吕燕纵使有千般不合时宜，对他们来说，恰恰成了特色。吕燕的面孔是他们所想象的东方，充满了神秘和不可限量的空间。她的专业与合作，更是让之后多个品牌大加赞赏。在参加了 Christian Dior（迪奥）及 Christian Lacroix（拉克鲁瓦）的走秀后，吕燕被认为是巴黎时尚圈的一匹东方黑马。也是在这一年，她参加了世界模特大赛并获得亚军。当时外国媒体对她的报道充满了期待和惊喜，评价她“一半是天使，一半是魔鬼”。

与之相反，中国媒体则不算太客气，报纸均以“丑小鸭，丑超模”等大标题吸引读者。“那一年，只要翻开报纸就是写我的文章。那时候网络还不够发达，如果是在今天，应该会是刷屏 10 万＋的爆款文章说我丑。”吕燕开玩笑地说。

洪晃和她主编的《世界都市 iLOOK》是少有的例外。洪晃说：“大概在 2002 年，吕燕可能不记得了，她在国内的第一个封面是在《世界都市 iLOOK》杂志上。杂志大股东的夫人原来是模特，80 年代上过 *Vogue* 杂志，后来退休改行为造型师，自费带着摄影师来中国给杂志拍片，选模特的时候一眼就挑上了吕燕。”

“无论如何非议，反正全中国人都认识了我。我没有什么好失去的。”说这话的吕燕已在2005年决定离开巴黎，前往纽约，一个更广阔、更鲜活的时尚圈在向她招手。她像当年拖一个行李箱到巴黎一样决绝，拉着一个箱子到了纽约。“巴黎的美在于慢和不变，而我希望迎接另一种挑战。那时看《欲望都市》里的女孩们，那是我向往的生活，穿着高跟鞋，穿过曼哈顿最热闹的街头。我知道，这所有的光鲜亮丽背后，都有着非同一般的付出。”

在这座城市里，吕燕成为朋友圈里的活跃人物，她不惧陌生人，充满好奇，喜欢学习，还常常把自己的模特同伴拉进外国人的圈子。那时候签约纽约经纪公司的中国模特开始多起来，都是20多岁的年轻姑娘，而吕燕成了姑娘们离不开的“燕姐”。她组织派对，与服装设计师、艺术家、作家交往。这是她要的生活，更是她为自己精心准备的剧本。周末逛博物馆，逛书店，为国内时尚杂志做客座编辑——模特的身份却渐渐让她感受到了“瓶颈”，她的世界需要一个更闪亮的身份。

到纽约的第二年，吕燕在一个私人酒会上遇到了法国投资顾问弗雷德。这个整天与数字打交道的经济界人士，被吕燕的性格征服：台下她是一个乐观爽朗的姑娘，走秀时却成为一个冷峻、性感的东方美人。吕燕决定回国时，弗雷德和她之间曾有过分歧，但最终命运和爱将他们绑在一起。弗雷德与吕燕成立了家庭。上海的家，每个小小细节都是吕燕亲手布置的，“一趟宜家我就搞定”。两人生下了儿子阿瑟。聊起儿子，吕燕显得十分活跃。她有许多和孩子沟通的门道，无论多么忙碌，就算有阿姨照顾，也还是要亲自送孩子上学。

那些遥远的过去如同她的前世，而现在踏踏实实的幸福，是她更乐于与人分享的生活。

像我一样，喜欢我

“我也不明白为什么身上有一股使不完的劲儿，模特生涯一路走来，每一次我都从头学习，没有过惧怕。对一些人而言，生活无非是安逸，而我需要的是变成一个更加丰盈的人。”2010 年，吕燕回国后就萌发了自己做品牌的想法并开始筹备。怀孕使这些中断，直到 2013 年，儿子阿瑟上了幼儿园，吕燕从家庭生活中解脱出来，正式开始做自己的品牌。

“他们说，你不是设计科班出身，这样的转型太冒险，都生了孩子，日子也很舒服，为什么还要折腾？”对于这些反对的声音，吕燕没有当一回事。弗雷德支持她做的选择，因为他了解她内心真正的渴求，否则他也不会爱上她。

吕燕先到上海世贸商城面料市场学习区分面料和功能性。“如果是买小批量的面料，没有人会搭理你。但我没有放弃，我参加了意大利面料展 Milano Unica。在这个订货会上，面料商不会因为订量少而冷眼旁观，还会向我介绍当季趋势，以及每种不同面料如何使用。这下我开始有了信心。”她一次次梳理品牌文案，取名 Comme Moi。这是个法语词，有两层含义——“像我一样”，“喜欢我”。她清楚自己一路走来的艰辛，多年征战时尚圈，见识过那么多好的设计，触碰过那么多好的面料，她对自己要做什么样的品牌非常明确——为独立而充满魅力的女性设计衣服。

租办公室、招兵买马、学习设计，每一个步骤都有条不紊地进行。2014 年品牌秋冬秀在北京柏悦酒店进行，明星章子怡、宋佳等人纷纷来参加她的首秀。第一次以设计师的身份站在舞台上，她深深鞠了一躬，感谢这些年来朋友们的鼓励和家人对她的理解。

2018 年，她的店先后在上海、北京落地。为她工作的团队也从三年前的七八个人变成了五十来人。“能犯的错误几乎都犯了一遍，三年里我疯狂地掉头发。”

2018 春夏秀上，Comme Moi 的发布会上了当天的“热搜”，几乎半个娱乐圈的朋友都来参加了吕燕的这场秀，可谓国内设计师里明星阵容最强大的秀。

大多数人能看到的是聚光灯下的华彩一面，甚而揣测，“模特转型做品牌，也是年纪大了之后的退路，这样的品牌也无非就是名人效应”。对此，吕燕觉得可笑，“如果没有好的设计，即使我有无数明星朋友帮我，生意毕竟是生意，朋友们只会帮助你一次，又怎么可能以此来维系一个品牌的生命？”

吕燕带我参观了她的样衣间，马上要上新的样衣已分门别类地放在架子上。她聊到女人的独立，“独立的女人是这个世界上最有韧性、最充沛、最优美的集合体。”她翻看着架子上的样衣，剪裁立体，设计极简，这或许就是她反复说起的“大女人”概念——自知，自信，自立。

她不再是一个独自带着行李箱闯世界的小姑娘，那些“审美”“审丑”的时尚论题，早已飘散。吕燕说：“时尚轮回，瞬息万变，又何必介怀呢？”

俞飞鸿：我只代表我自己

宋诗婷

这种“无所谓”的态度来源于她对自我的认知。“年龄越大越知道自己的局限在哪里，一开始还找不准，但会越来越清楚，优势、劣势、长处、短处，开始知道自己的范围在哪里，哪些是自己可以掌控的，哪些不能。在自己发挥得很好的范畴里尽量发挥就好了。”

“成长就是给自己找个最舒服的姿势，躺着、半坐着、斜倚着……找到最舒服的姿势，然后一直保持，这就是我现在的生活。”

我和俞飞鸿约在她的工作室。那天，我早到了几分钟，一推门，她就站在门口，身旁围着三个人，摆弄着她身上那件红棕色礼服。四个人一起左右端详，讨论着如果侧过身拍照，这宽松的腰部剪裁会不会有些显胖。

工作室不算大，墙上的海报大多来自两部影视作品——《我爱你，再见》和《爱有来生》，前一部俞飞鸿是制片人和出品人，后一部她是导演，当然，两部作品的女主角都是她自己。

俞飞鸿很守时。她试完服装，便换上轻便的白色背心和宽松长裤。

“他们说是一个专题采访，说实话，我兴趣不大，不太喜欢聊话题性的东西。我不太喜欢自诩一个什么代表，我不代表任何人，只代表我自己。更不愿意去引导别人，号召些什么，群体活动我不太喜欢参与。不过没关系，既然今天咱们在这儿了，就随便聊聊吧。”俞飞鸿给出一个坦率的开场。

美与自由

在这之前，我看了她前一段时间接受的一个视频访谈，与她对谈的是曾经的记者许知远。两人面对面坐在茶室里，俞飞鸿讲得神采飞扬，对方突然冒出一句“你真是挺好看的”。这话把俞飞鸿逗笑了，大概也把很多观众逗笑了。

没想到的是，当我——一个女人，坐在俞飞鸿对面时，冒出的第一句话也是“你好美啊”。这赞美来得很突然，完全情不自禁。

她又笑了笑，没接茬。在过去的四十多年里，她应该早已习惯了这种赞美，对她来说，就像见面打招呼一样稀松平常。

一个家境殷实又美丽的女孩在这世上会经历什么？

“美？到底能有多美？大家都是一张嘴，两只眼睛，一个鼻子，能美到哪去啊？”俞飞鸿在自己脸旁比比画画，“小时候，家里没人说这个，我一直把这夸奖当成善意的传递。”

虽然在很长一段时间里，俞飞鸿对自己的美是不自知的，但美这东西是客观存在的，它在一定程度上让俞飞鸿的世界被她口中的善意环绕。

小时候，她是街坊邻居的洋娃娃，大家抢着给她织毛衣、做衣服，放了学总有人轮着班在幼儿园门口接她。大姐姐、小阿姨们把她按在椅子上，再把火钳烫热，揪起一绺绺头发，在火钳上绕几圈，给她烫出一头羊毛卷，看起来更像个娃娃了。

上高中时，班里最野、最凶的男同学会和假小子打架，但对她就温顺很多，还会偷偷给她塞好吃的。高考报了北京电影学院，她跟六七个男生结伴去北京参加艺考。回来的火车上人贴人，大家受不了，怂恿她去和列车员说说，给大伙儿找个能立脚的地方。交涉的结果是，列车员把她和一起的几个小伙子带到了邮车车厢，和成堆的信件靠在一起，宽敞、凉快，自在极了。

美貌带来的特权没让俞飞鸿骄纵，被照顾得太好反而让她束手束脚。这和她的家庭教育有关。父亲是清华毕业的高才生，母亲也是读书人，典型的知识分子家庭，大人好好工作，孩子好好学习，什么都好，独缺一点点离经叛道。

“我很小的时候就特别希望能长到30岁，因为30岁的女人看起来是一副可以自己做主的样子。”俞飞鸿回过头来想，从18岁进入大学到30岁之前的那十几年，她一直在努力拓展自由的维度，不是物质上的自由，更多的是精神上的，很私密，有点暗流涌动的意思。看起来无关紧要，也不会让生活起太大波澜，但对她来说，没有不行。

追求自由是从逃离开始的。她原本考上了一所杭州的大学，但总觉得还在家人、亲戚和朋友们身边，还是有依靠，于是决定重考，去北京，读电影学院。

逃离故乡并没让俞飞鸿活成另一个模样，她依然是好学生，成绩好，守规矩，老师、同学都喜欢。毕业后她还顺利留校，用掉了系里唯一的留校名额，这在父母和外人看来，实在是个安稳的好差事。

工作一年，她又觉得哪里不对，还是想逃。这一次要逃去美国，一来学英语，二来再次逃离熟悉的朋友圈和时不时提供帮助和照顾的叔叔阿姨，看看能不能真正地一个人生活。对于一个家境良好的美女来说，很多便利与生俱来，安心接受便是；俞飞鸿却很难对此心安理得，她似乎没有办法从外部提供的任何赞美和帮助中找到安全感和自由，她要全权接管自己的生活。

“一本护照，一门外语，一张信用卡，那是我 20 岁出头时最想拥有的东西。”到美国学习语言，俞飞鸿一次性得到了这三样东西。她在美国学会了很多自己之前不会做、未来可能也不需要亲手去做的事，比如换灯泡、开车、办各种身份证明和信用卡、帮朋友在4S店里讨价还价……“我可能不需要一个人去面对很多事情，有些事我可以选择不做，但我需要知道自己能做，这样内心才觉得是真的自由了，不然总有疑虑。”俞飞鸿说。

这种思维方式非常西方。我可以不选择，但我需要有选择的权利和能力，对于自由边界的探索，贯穿了俞飞鸿的18—26岁。

26岁，俞飞鸿在美国街头险些被一辆飞驰而来的私家车撞出斑马线，她跑过去，踢着对方的汽车轮胎大吼大叫，用学会的所有英语脏话、俚语“问候”对方。“说来很好笑，那是我第一次直接表达愤怒。”俞飞鸿在视频访谈里聊起这段经历，她把那次愤怒视作自己在美国所修的最后一门课。尽管在之后的近二十年里，她几乎再没有过如此极度地愤怒，但那次怒吼让她知道，愤怒这项缺失多年的能力她终于习得了。

《爱有来生》

1997年，俞飞鸿从美国回来，接拍的第一部戏是《牵手》。片方和导演本来想让她演女一号夏晓雪，她看了剧本，挑了女二号王纯。王纯，一个刚大学毕业的漂亮姑娘，男女主角婚姻的第三者，不太讨好的角色。“但我觉得，自己当时刚回国，和她的状况很像，事业刚起步，表演上能找到支点。”俞飞鸿的想法简单直接。

王纯这个角色让俞飞鸿火了，福利和代价是，片约不断。90 年代末，中国的电影、电视剧刚刚市场化，大家拼命赚钱，演员的工作规范还不完善，经常连轴转。“完全没有创作的感觉了，只是在机械重复劳动，我必须要停下来，找回创作的快感。”在越来越红的过程中，俞飞鸿被名气和高强度工作束缚，又不自由了，于是，紧急叫停。

接下来的近十年，她把自己献给了一部电影和一部电视剧——《爱有来生》和《我爱你，再见》。

“1996 年我看到须兰的这篇小说《银杏，银杏》（电影《爱有来生》原著），2001 年买的版权，2007 年开拍，一个女人的黄金年龄，是这本小说和这部电影陪我走过来的。”俞飞鸿感慨道。

她是在往返美国的某班飞机上读完这篇小说的，原著不长，9000 多字，一气呵成。故事很中国，很执念。阿九一家被土匪杀害，为了报仇，阿九潜到土匪头子的弟弟身边做情人。一边是弄假成真的爱，一边是不共戴天的家仇，阿九选择结束生命，与爱人相约来世。爱人化作孤魂，在树下等了她五十年，再轮回，阿九已成为别人的妻子，两人的前世和今生，都是错过。

“看完之后，一直想着，偶尔和朋友聊起来就会讲到这个故事。买了版权，一直没找到合适的人拍，朋友劝我自己拍。”据说，劝俞飞鸿自己做导演的人是王朔。2000年年初，转行当导演的演员还不多，女演员更是凤毛麟角，徐静蕾是最成功的一个，她的转型也有王朔的功劳。

在和俞飞鸿聊天的过程中就很容易感觉到，她是个温柔的人，但也是个糊弄不了的、较真儿的人。你的观点，她但凡有半点不赞同，就一定会指出来。她大概是我见过的最喜欢向记者提问的演员之一。

这点提问的劲头跟筹备《爱有来生》相比就是小巫见大巫了。“拍这片子之前，我挺顺利的，没受过什么罪。这片子对我影响挺大的。”俞飞鸿说。

她怕见生人，沉默寡言的性格不得不改变。每天和各个部门据理力争，与美术组半米半米地争执搭建场景的内部结构，和道具师一件一件确认屋子里要摆的锅碗瓢盆。她说自己从来都不是领袖，但做导演就得以身作则，看景时，自己噌噌噌走在前面，一口气爬上千米的山，后面跟着的人就不敢有半句怨言。“我不偷懒，我把自己全交待出去，那就什么遗憾都没有，不然的话我会心虚，我从来都不喜欢心虚的感觉。”

但和这些落在实处的执行力相比，《爱有来生》对于30多岁、不曾经历沧桑的俞飞鸿来说，最大的意义在于，让她体会到了绝望。在接受许知远“十三邀”的采访时，她描述过当年云南的那场雨。云南是《爱有来生》的取景地，拍摄期间，当地的雨季提前到来。一开始，雨下得断断续续，每天还能拍几个镜头。到了后来，雨不停了，七乘二十四小时地下，每天剧组都要白白损耗几十万元，他们面临不得不撤离的困境。

“我留在脑海中印象最深的一个场景是，我站在窗前，看着外面的雨，不知道站了多久，内心没有起伏，没有悲伤，一片空白，出奇地镇定。原来，当你最不希望发生的事情发生了的时候，不是愤怒，也不是悲伤，而是空白。”

2009年，《爱有来生》上映，口碑不错，票房却不好。“具体数字就不要纠结它了，外面的数字都是不准确的，都无所谓，它确实没赚钱，这是真的。”

在拍摄《爱有来生》之前，俞飞鸿还折腾过一部没怎么赚到钱的电视剧——《我爱你，再见》，也是一个关于错过的故事。高中校园里的姐弟恋情侣，因为误会和成长而分开，纠缠了十几年，不断错过彼此。

这符合俞飞鸿的审美：错过就错过了，错过不一定不美，没错过也不一定美，顺其自然，万事都不强求。这也是她当下的人生态度。在剪辑《爱有来生》时，她还被另一部电影打动过——西恩·潘的《荒野生存》。那种对自由的极致向往，让30多岁、在剪辑房和家之间两点一线的俞飞鸿流泪了。

积极的悲观主义者

我试图和俞飞鸿聊聊年龄，聊聊向往自由、顿悟和生活转变的节点。但她好像不是个有时间概念的人，也从不喜欢用时间来归纳和标注生活。就像她的长相一样，似乎没年轻过，也好像没有老过。

“不要总问我什么时候，没有明确的某年某月，就是一种感受，很难说清是哪一年，哪一个时刻，肯定是在成长的过程中发生的。”俞飞鸿说。

26岁，从美国回来，知道自己靠一本护照、一门外语、一张信用卡就可以生活，学会了愤怒，学会了尽量不求助于人，俞飞鸿就觉得自己内心越来越自由了。2017年，她46岁，与内心自由相对应的是，行事作风越来越规规矩矩，越来越遵从眼前的社会规则，越来越对自己无所求。

她对演戏无所求了。“没有太多规范，不给自己下套，不给自己压力，遇到好的是意外惊喜。毕竟，演员是被动的。”

继《爱有来生》之后，她也不以导演自居。“不会为了做导演而去找故事，阅读是个习惯，有事没事都会读一些东西，没那么有目的性。”

她对外界的目光也无所谓了，我反复确认，她都一口咬定。“证明给谁看？要给谁看呢？谁对我来说那么重要？观众吗？你觉得再好，拍出来，人家觉得是狗屎，也没辙，最多是茶余饭后的五分钟谈资。父母吗？你永远是他们挚爱的孩子，永远那么重要，没什么可证明的。朋友吗？他们更无所谓了。”

她对婚姻无所求了。不拒绝，也不排斥。她说，男人从来不是她拓展生命维度的方式。

她对很多政治正确的立场也不感冒。比如，女权。在和许知远的对话中，她常常提到男人和女人，并不是倡导女性权益，只是想了解在这个既成事实且短期内也无法改变的男权社会里，男人与女人的观念差别。对此，她不抗争，甚至有点庆幸：男人受男权、责任、面子和欲望所累，女人则轻巧很多，可以不出头，不争名逐利，也可以偶尔偷个懒。

这种“无所谓”的态度来源于她对自我的认知。“年龄越大越知道自己的局限在哪里，一开始还找不准，但会越来越清楚，优势、劣势、长处、短处，开始知道自己的范围在哪里，哪些是自己可以掌控的，哪些不能。在自己发挥得很好的范畴里尽量发挥就好了。”

“无所谓”也来源于她从小所受的教育。逃离了一大圈，她又回到了少年时期被圈定的规范里，并且心甘情愿。“生活中我不太喜欢失衡，很多规范我都不想去打破，打破了就要负责任，要承担后果，要考虑能不能承受。安稳一点更好。”

俞飞鸿喜欢看人物传记。看凡·高，她庆幸，庆幸自己没有被赋予太多才华，“保持平庸就好”。她也看武则天的人生，前半段的“宫心计”她不在意，反而对武则天 40 岁之后的经历有兴趣，觉得中年之后的武则天的所作所为已经超越了性别，在政治远见上可以和男人相抗衡。她有兴趣扮演中老年武则天，却没兴趣经历类似的波澜起伏的人生。

曾经一度，我们的话题莫名转到抑郁症。“身边几个朋友都跳楼自杀。”俞飞鸿有很多文化圈、演艺圈的朋友，人到中年，自觉或不自觉地思考起生与死的话题，有些人病了，迈不过这道坎儿。而她最接近死亡的一刻是尝试蹦极，“站在那儿的那一刻你才知道，生活中有多迈不过去的坎儿你才会选择跳楼啊！”思考死亡势必要探讨哲学层面，但她不愿意给自己找麻烦，假装对此毫无好奇心。

听起来，她是以一种“傻白甜”的方式在生活，但似乎是绕了一大圈，经历思考后，主动选择了这一方式。就像很多年前，她接受媒体采访时所说的，“我喜欢苍白，您要知道，我喜欢它平淡无奇，这是我想要的，我根本就没有想要不苍白的人生。”

对苍白的向往大概来源于她本质的悲观。在与她交谈的两小时里，我最终也没搞清楚，一个美丽又充满能量的女人是怎样开始笃信“生活本身是无意义的”。但目前来看，这种存在主义的价值观似乎真的让她自由了，踏实了，找到了“自己最舒服的姿势”。

不惑又如何？
人到中年，惑与尾声

鲁伊

假如所有的当时只道是寻常，都能教会我们从某一刻开始，惜取此时此地眼前人，凭一口气，点一盏灯，那么惑又如何？不惑又如何？

有那么一阵子——在三十七八岁的时候——我曾特别盼望时间能过得快一点儿，让我早一点儿进入传说中的不惑之年甚至是知天命之年。除了利空出尽、触底反弹的那一点儿念想或是妄想，最主要的还是，和这两个时间点对应的，是儿子鲁猫猫的两个成长里程碑：8 岁和 18 岁。

光阴如流水，眼看着我就快 43 岁了。猜猜咱家有没有不惑达成呢？

就在前几天，在朋友圈里当了一整天佛系中年人的我，临到晚上，遇到一点儿小事，顿时便上演了一幕“八风吹不动，一屁过江来”的现实版。火气略消，悔意渐生，电话里跟鲁猫猫的爸爸吐槽，被例行安慰后，他说道：“你看你也是不惑了好几年的人了，怎么还学不会控制自己的情绪？”

虽然当时心里也很为自己莫名其妙跟不相干的人生回气不值当，可嘴上又怎么能输？

“什么叫不惑？谁说我不惑了？你自己去看看《论语》，子怎么曰的？‘吾十有五而志于学，三十而立，四十而不惑……’人家说的是‘吾’好不好，万世师表孔圣人，和咱们凡夫俗子有什么关系？我一更年期前中年妇女，体内激素水平变化导致情绪更易波动，我且惑着呢，不可能不惑！”

电话那边的人顿时被打败，“好吧好吧，你惑得有理，惑得有水平——要不，你喝点儿热水？”

其实，向来好读书不求甚解的我，平日里抠字眼的功夫真没那么细致。这启迪，说来惭愧，来自我儿鲁猫猫。前一阵，觉得有必要让这个在澳大利亚长大、说起培根罗素头头是道、一跟人介绍中国就只能聊 Dumpling（饺子）、Yum Cha（饮茶）的小屁孩了解一下，什么才是博大精深的中国文化，于是特意买了本刘殿爵翻译的《论语》，每天睡觉前一起读上几段。

满眼佶屈聱牙的名字，当然引不起他的兴趣，耗了两天，才读到第二篇《为政》里这段著名的夫子自述：

“The Master said，‘At fifteen I set my heart on learning；at thirty I took my stand；at forty I came to be free from doubts...’”（子曰：“吾十有五而志于学，三十而立，四十而不惑……”）

小朋友转转眼珠，“妈妈，孔夫子是不是中国最厉害的读书人？”

“这个很难说，厉害虽然厉害，运气也特别好吧，有很多很牛的徒子徒孙，然后到汉朝的时候又赶上……”

“好，别的不说，总之他就是很有天分又很用功咯。”

“那肯定是没错的，所以我们才要向他学习。”

“好，”小朋友抬手“啪”的一声关了灯，“你看孔夫子还不是到了 15 岁才下定决心好好学习，咱们也过两年再说吧。晚安。”

孺子狡、不可教，至于自己辩论时跟惫懒小子偷来一招鲜占个嘴头便宜，终究也不过付之一笑。说起来，我们这一代人，就算人到中年，不管表面上怎样佛系，骨子里还是“舜何人也，予何人也，有为者亦若是”的价值观，心里始终燃着一团“取乎其上，得乎其中……取乎其下，则无所得矣”的小火苗，多少烦恼不足，究竟由此生出。如此一来，要解开这个心结，倒似乎真有必要好好琢磨一下：当孔夫子他老人家说“四十而不惑”的时候，他到底在说些什么？

手头刘殿爵的译本，“不惑”被翻译成了“came to be free from doubts”（没有疑惑），查一下其他译本，理雅各（James Legge）的译法差不多，是为“had no doubts”（没有疑惑）。想来，这倒充分反映了包括几年前的我在内的大多数人对不惑之年的美好——却可能是未经审视的——想象。

到了亚瑟·威利（Arthur Waley）的版本中，大约是觉得那种全然无疑的境界，即便对孔圣人来说也是颇难企及，于是便把范围缩小了些，译作了“no longer suffered from perplexities”（不再为困惑本身所困扰）。

看看《史记·孔子世家》里的记载，快 60 岁的孔夫子丢了国内的工作，流亡异乡，结果却被人误解，身困于匡，也还是会发出“文不在兹乎”的自疑。只不过心不为之久困，感叹一阵，自然就见招拆招地解决问题罢了。这么一想，不惑，好像也没那么难做到。

然而再往下看几章，到了第 12 篇《颜渊》，孔子就自己给“惑”下了个定义：

“爱之欲其生，恶之欲其死。既欲其生，又欲其死，是惑也。”

咦，这说的不是个人选择和主观判断吗？再看一眼理雅各在这里对“惑”的翻译——“a case of delusion”（迷惑、妄想症）——我突然灵光一现，脑洞大开：或许，孔夫子所说的“不惑”，与马克斯·韦伯（Max Weber）所说的“世界的祛魅”（the disenchantment of the world），原本是一回事？

不是某个需要或值得追求的理想境界，而只是旅程中的梦醒时分？

甚至并不承诺清风霁月清明无虑，反而指向以祛魅之眼回首审视自己半生所做种种迷惑选择时的更沉重的追悔无意义之感？

倘若真的如此，谁又稀罕这与确然无疑的生理衰老相伴的劳什子的“不惑”？

更重要的是，因为人类固有的认知局限，太多时候，我们都只能看到自己期待看到的东西，如果这“不惑”被证明为不需要也不值得期待，那等在我们前面的“天命”到底是什么？如何得知？又能否被知道？

这问题想下去，简直有必要去修一门牛津大学哲学公开课。然而，对于家里有个正放假的五年级小孩儿的中年妇女来说，哪里有这样的余裕？作为妥协，鲁猫猫很大度地表示，可以和妈妈一起看个澳大利亚广播公司（ABC）的纪录片《做出更佳决策的秘密》（*The Secret to Making Better Decisions*）。小学生介绍说，学数学出身的主持人莉莉·塞尔纳（Lily Serna）在里面讲了一堆如何在生活中借助算法做出理性选择的知识，“说不定可以帮到你哦！”

抱了一桶焦糖爆米花坐在电视前，纪录片开始，一群无忧无虑的少男少女开着辆色彩鲜艳的复刻版老爷车、载着冲浪板和吉他，要在 17 个未知海滩中选择最适合冲浪的一个——不能打电话求助，不能参考专业评测报告，只能靠个人印象判断，且不能走回头路，错过了就错过了。

主持人刚一提议，最初6个海滩仅做参照点，不做任何选择，前学院派科学记者老妈马上开始吧啦吧啦在小朋友面前树立权威：

“我知道啦，不就是‘最佳停止点’理论吗？这论文我早就看过，你听她讲不如听我说——不管做任何选择，把你愿意花的时间或是选择的总数乘以37%。之前光看不选，之后只要看到比前边更好的那一个选项，就立即买定离手，从概率上就可以在最短时间内做出最不容易后悔的选择，对不对？

“但你听妈跟你讲哈，这理论听起来不错，其实漏洞多多——这世界上有个现象叫‘有钱难买我乐意’，还有句中国古话叫‘不为无益之事，何以悦有涯之生’，当年我就是不懂不能完全靠简单化科学主义指导复杂人生的这个道理，所以才各种犯轴撞头，这都是前车之鉴呀……”

静静听完老妈的这一番显摆加牢骚，鲁猫猫耸耸肩，摇摇头，却用几句回答，突然让我明白了“不惑”的另一种可能：

“其实也可以这么想呀：假如一个人的寿命是100岁的话，把前面37%的时间里做的所有选择——不管是对还是错——都当成参考基线，也没什么嘛！”

仔细想想，可不就是这回事：假如所有的当时只道是寻常，都能教会我们从某一刻开始，惜取此时此地眼前人，凭一口气，点一盏灯，那么惑又如何？不惑又如何？

不过，知止而后有定，而已。